Lilo Beil

DAS LICHT UNTERM SCHEFFEL

CONTE
KRIMI

Für Sigi, in Liebe
Für unsere Töchter Kathrin, Dorothee, Johanna

Bibliografische Information Der Deutschen Bibliothek
Die Deutsche Bibliothek verzeichnet diese Publikation in der Deutschen Nationalbibliografie; detaillierte bibliografische Daten sind im Internet über http://dnb.d-nb.de abrufbar.

ISBN 978-3-936950-72-4

Am Ludwigsberg 80-84
66113 Saarbrücken
Tel: (06 81) 4 16 24-28
Fax: (06 81) 4 16 24-44
E-Mail: info@conte-verlag.de
Verlagsinformationen im Internet unter www.conte-verlag.de

Lektorat: Jessica Philippi
Umschlag und Satz: Markus Dawo
Druck und Bindung: PRISMA Verlagsdruckerei GmbH, Saarbrücken

»Der Künstler ist der Schöpfer schöner Dinge.«

Oscar Wilde
(aus: *Das Bildnis des Dorian Gray*)

Got to get you into my life

I was alone, I took a ride,
I didn't know what I could find there.
Another road where maybe I
Could see another kind of mind there.
Ooh then I suddenly see you,
Ooh did I tell you I need you
Ev'ry single day of my life?

The Beatles

1. KAPITEL

Anna

Die Kulisse Mannheims erstrahlte in einem fast unwirklichen Farbenspiel. Die Abendsonne tauchte die Umrisse der Häuserzeilen und des Wasserturms in schwefelgelbes und tiefrotes Licht, durchzogen von schwarzen Wolkenfetzen, was der Szenerie etwas Gespenstisches gab. Der Feuersturm, der im Krieg über die Stadt hinweggefegt war, musste ähnlich ausgesehen haben, eine tödliche Variante dieses einzigartigen Sonnenuntergangs.

Friedrich Gontard stellte seinen Wagen in der Nähe des Nationaltheaters ab. Noch die Klänge von *Sounds of Silence* aus dem Autoradio im Ohr, ging er auf das Theater zu. Ein schönes Lied war das, aber viel schönere Lieder erwarteten ihn, den Chef der Ludwigshafener Mordkommission. Die Oper *Werther* von Massenet würde er sich jetzt nun schon zum zweiten Mal anschauen. Er wusste eigentlich nicht genau, warum.

Während er zum Haupteingang schlenderte, dachte er, wie hässlich doch dieses neue, hochmoderne Theater war. Er trauerte dem alten Schillertheater mit seinen Balustraden und Nischen und Säulen nach, wo er mit seinen Eltern vor dem Krieg einmal den *Tannhäuser* gesehen hatte. Eine Bombennacht hatte alles zerstört.

Mannheim hatte viel leiden müssen, und noch heute waren nicht alle Trümmer weggeräumt.

Als Gontard um die Ecke bog, die zum Haupteingang des Theaters führte, sah er zu seinem Erstaunen eine größere Menschenansammlung, die anscheinend nichts mit den Theaterbesuchern zu tun hatte. Im Gegenteil. Dies war eine Demo gegen die »Bildungsspießer«, die es wagten, in die Oper zu gehen, um sich zu ergötzen.

Auf Transparenten war zu lesen:

Spielt mehr Brecht
dann wird es recht
nur politische Kunst ist echt

Auf anderen Plakaten und Transparenten stand:

Kunstgenießer – Bildungsspießer

und:

Dient Kunst nicht dem Klassenkampf
ist sie nur elitärer Krampf

Junge Leute, wohl zumeist Studenten aus Heidelberg, skandierten laut die Parolen, die auf den Transparenten standen. Sie pfiffen und johlten und machten sich zum Teil über die Theaterbesucher lustig, die vorwiegend älter und ziemlich fein gekleidet waren. Diese strebten, pikiert dreinschauend, unbeirrt dem Eingang zu.

Die Demonstranten hatten Fantasie, und sie hatten pfiffige Ideen. Gontard amüsierte sich über zwei riesige Schwellköpfe aus Pappmaché, zweifelsohne Karikaturen eines Bildungsbürgerehepaars, die von zwei Demonstrierenden durch die Menge getragen wurden. Die Schwellköpfe, grotesk anzusehen, schwankten hin und her. Von Weitem gesehen hätte dies auch ein Karnevalsumzug sein können.

»Studentenpack, Faulenzer, geht heim in eure Stuben und arbeitet was, anstatt von unseren Steuergeldern zu schmarotzen«, rief ein aufgebrachter älterer Mann im Frack den Demonstranten zu.

Seine wohlbeleibte Gattin, mit rotem Kopf und hochtoupierter Frisur, schrie hinterher: »Ins Arbeitslager sollte man sie stecken, die Schmarotzer. Zucht und Ordnung würden sie da lernen!«

»Alte Nazitante«, schrie ein junges Mädchen ebenso laut zurück. Das Mädchen war modisch gekleidet und bildhübsch dazu, es sah ein klein wenig aus wie die Schauspielerin Romy Schneider »Hast wohl im BDM eine Sonderstellung gehabt? Oder sogar im KZ?« Das Kätzchen zeigte die Krallen.

Bevor die aufgebrachten Parteien aufeinander losgehen konnten, warfen sich mehrere Polizisten dazwischen. »Bullenschweine«, schrie es aus der Demonstrantenmenge. »Spießersklaven!«

Ein junger dunkelhaariger Mann kam ganz nah an Gontard heran, packte ihn am Revers seines Anzugs und zischelte ironisch: »Da hat Bubi sich aber feingemacht heute Abend.« Friedrich Gontard schob den Mann energisch beiseite und ging wortlos weiter. Er war wütend, hatte aber keine Lust, sich provozieren zu lassen.

Einige Schaulustige, offensichtlich weder Theaterbesucher noch Demonstranten, standen am Rand und betrachteten mit verschränkten Armen die Szene. Die Sprechchöre wurden schneller und lauter und vermischten sich mit den ärgerlichen Stimmen der Theaterbesucher. Plötzlich heulten die Sirenen mehrerer Polizeiautos durch die Straße, die Demonstranten stoben auseinander, verschwanden in den Nebenstraßen. Nur einige Hartgesottene und Rädelsführer, die nicht wegzubewegen waren, wurden abgeführt oder weggetragen und in die Polizeiautos verfrachtet.

Da wird noch einiges auf uns zukommen in nächster Zeit, dachte Gontard. Das ist vielleicht erst der Anfang. Muss sich in der Geschichte immer alles von einem Extrem zum anderen bewegen?

Eigentlich hatte er für die jungen Leute und ihr Anliegen Verständnis, vor allem was ihre Proteste gegen die korrupten Politiker, die Rüstungsindustrie und die alten Nazis betraf, die sich immer noch in den hohen Ämtern befanden, als habe es kein Drittes Reich gegeben, keinen Terror und keine Gaskammern. Unwillkürlich fiel ihm Göttmann ein, sein ehemaliger Vorgesetzter und Vorgänger im Amt. Der war auch so ein Ewiggestriger gewesen. Ja, bis zu einem gewissen Grad verstand er die Studenten wirklich. Aber warum waren viele in ihrem Protest so verbittert und so fanatisch?

Nun musste er sich beeilen, denn die Demo hatte eine Verzögerung mit sich gebracht. Schade, er hätte im Foyer zu gerne noch eine Zigarette geraucht, eine von den neuen Filterzigaretten, für die er seine filterlose Eckstein Nr. 5 aufgegeben hatte, denn er wollte nicht enden wie Göttmann, der Balirauacher, der jämmerlich an Lungenkrebs gestorben war. Er nahm zwei Stufen auf einmal, was zu seinem immer noch jugendlichen Äußeren passte, obwohl er bereits Anfang vierzig war.

Endlich. Endlich wieder diese magische Musik, die ihn immer wieder aufs Neue bezauberte. Das staubtrockene Polizeipräsidium, der Alltag voller Routine und doch voller Hektik waren jenseits des Rheins geblieben, in Ludwigshafen.

Während der Ouvertüre sinnierte Friedrich Gontard über den eigentlichen Grund, der ihn hierher getrieben hatte.

Die Musik, freilich, aber da war auch noch die Gestalt von Werthers Lotte. Ich Trottel, sagte er sich. Ich unverbesserlicher romantischer Trottel. Sehne ich mich tatsächlich nach einer häuslichen Idylle mit einem treu sorgenden Weibchen und einer holden Kinderschar, wie in *Werther*? Zumal es heute schwer sein wird, eine Frau zu finden, die das Mütterliche anstrebt. Außerdem liegt mir der Hausmütterchentyp doch gar nicht. Im Gegenteil.

Da kam auch schon das erste Bild, und da war Gontards Lieblingsszene. Werther und Lotte treffen sich zum ersten Mal. Lotte, die ihren sechs jüngeren Geschwistern zugleich Muttersatz ist, wendet sich an Werther: »Entschuldigen Sie, mein Herr, dass ich Sie habe warten lassen. Aber ich bin in der Tat eine sehr zärtliche Mutter, und meine Kinder verlangen, dass meine Hand ihnen täglich das Brot schneidet.«

Genau in diesem Moment bemerkte Gontard im Halbdunkel des Opernhauses eine junge Frau, ein Mädchen, das vor ihm in der Reihe saß und das ein wenig schniefte und verstohlen die Augen mit einem Taschentuch abtupfte. Er nahm sich vor, sie anzusprechen, und in der Pause lud er sie zu einem Glas Sekt ein.

Sie hieß Anna Nüsslein. »Ein fränkischer Name«, sagte sie ein bisschen verlegen und fügte fast entschuldigend hinzu: »Ich mag meinen Familiennamen nicht. Ich wohne in Heidelberg, wo ich Kunst und Anglistik studiere, also Englisch. Ich bin eigentlich nur hier, weil ich die Karte geschenkt bekommen habe, denn ich bin unmusikalisch und war noch niemals in einer Oper. Aber das hier ist alles so wunderbar und ungewohnt, und diese Szene, wo Lotte ihren Geschwistern das Brot schneidet ... die hat mich, wie will ich sagen, sehr berührt ...«

Gontard schmunzelte in sich hinein, sagte aber nichts. Die Pause war vorbei. Der Theatergong ertönte. »Haben Sie Zeit, nach der Vorstellung noch einen Kaffee oder sonst etwas in der Pizzeria gegenüber zu trinken oder eine Kleinigkeit zu essen?«

Sie hatte Zeit, aber nicht viel, denn sie musste die Elektrische, die OEG, nach Heidelberg erwischen. Aber eine Kleinigkeit in der Pizzeria, einen Kaffee, gerne.

Eine Pizzeria nach der anderen wurde zurzeit eröffnet und veränderte das Bild der Städte. Die Deutschen wurden allmählich, zumindest was das Essen anbetraf, weltoffener. In der Pizzeria *Sole d'Oro* erfuhr Gontard, dass Anna Nüssleins Familie nicht in Franken, sondern in einem Dorf in der Nordpfalz wohnte, wo ihr Vater Pfarrer war. Nur ihre Vorfahren waren fränkisch gewesen.

»Ach«, bemerkte Friedrich Gontard erstaunt. »Pfälzer Pfarrhäuser sind mir nicht unbekannt.«

Annas verständnisloses Gesicht machte eine kleine Erklärung notwendig. Sie wusste schon, dass er Polizist war, und sie hatte relativ gelassen reagiert. Vielleicht hielten nicht alle Studenten Polizisten für Bullenschweine.

»Ein Fall in der Südpfalz, vor neun Jahren. Lange her und fast vergessen.« Er schluckte. »Ein ziemlich schrecklicher Fall mit einem toten Kind. Meine Ermittlungen haben mich dabei auch in ein Pfarrhaus geführt. Die Tochter des Pfarrers war eine wichtige Zeugin in dem Mordfall. Aber ich möchte jetzt nicht darüber sprechen. Na ja, eine Pfarrerstochter also.«

»Sie müssen auch jetzt nicht darüber sprechen. Vielleicht ergibt sich ... später einmal ... eine Gelegenheit.« Sie war rot geworden und ins Stottern geraten.

»Das klingt vielversprechend, dieses ›später einmal‹.«

Anna hatte sich gefasst. Sie schwiegen beide. Wie hübsch sie ist, dachte Friedrich Gontard, und er schaute zu, wie sie vorsichtig ihren heißen Kaffee trank. Das dunkle Haar mit der modischen Ponyfrisur, die braungrünen Augen. Und so schlank und groß. Sie erinnert mich ein bisschen an Audrey Hepburn. So eine Mischung aus verträumt und mädchenhaft, scheu und zurückhaltend und doch ... Ich glaube, sie weiß letztendlich, was sie will.

»Eigentlich sind Sie zu alt für mich, oder?«, fragte sie auf einmal. »Sie sind doch bestimmt über dreißig. Und ich bin erst fünfundzwanzig.«

»Na ja.« Gontard räusperte sich. »Ich bin tatsächlich über dreißig. Ich bin sogar schon über vierzig. Ich bin zweiundvierzig.«

Ein schockierter Blick traf Friedrich Gontard. Er musste lachen, obwohl die Reaktion alles andere als ein Kompliment war.

»Sie sind ja ein *cradle-snatcher*, ein Wiegendieb, wie die Engländer es ausdrücken. Ein Mann, der sich an eine viel Jüngere heranmacht.«

»Der umgekehrte Fall soll auch vorkommen.«

»Sie meinen, eine jüngere Frau macht sich an einen älteren Mann heran? Das habe ich nicht getan!«

»Nein, ich meine, ältere Frauen machen sich auch an jüngere Männer heran, oder nicht?«

»Zugegeben. Aber das ist der seltenere Fall. Das wird die Emanzipation vielleicht ändern in Zukunft.«

»Oh, sind Sie eine von diesen gewalttätigen Emanzen?«

»Nein, ich bin eher ein Privatrevoluzzer, wie fast alle Menschen, die künstlerisch angehaucht sind. Ich würde niemals militant werden.«

Gontard lachte, doch der »Privatrevoluzzer« ließ sich nicht aus dem Konzept bringen und fuhr fort: »Und Polizisten mag ich eigentlich nicht. Sie sind da mal wirklich eine Ausnahme.«

Sie schaute auf die Uhr über der Theke der Pizzeria und erschrak.

»Oje. Die OEG. Ich muss gehen.«

»Darf ich Sie wiedersehen?«

»Vielleicht.«

»Wann vielleicht?«

»Vielleicht nächste Woche abends mal? In Heidelberg? Da gibt es so viele schöne Lokale. Nein, warten Sie, nächste Woche ist schlecht. Da muss ich villasitten.«

»Was heißt villasitten? Ich kenne nur babysitten und die Sit-ins an den Universitäten neuerdings. Und von Berufs wegen natürlich die Sittenstrolche.«

Anna musste lachen über das Wortspiel. »Ich passe auf die Villa meiner Großtante Klara auf. Sie verreist für eine Woche, da muss jemand Wache schieben und auf ihre Antiquitäten aufpassen. Das habe ich schon ein paar Mal gemacht. Diesmal ist eine meiner Freundinnen dabei.«

»Ist das nicht gefährlich?«

»Bisher ist nichts passiert. Ich bin nicht so ängstlich. Und wie gesagt, diesmal bin ich nicht allein in der Villa.«

»Wann sehen wir uns dann?«

»Die Tante verreist erst in drei Tagen. Da könnten wir uns ... sagen wir ... übermorgen treffen, am Abend vor der Reise. Ich rufe Sie an, falls Sie mir Ihre Telefonnummer geben wollen.«

Als Friedrich Gontard und Anna zur Haltestelle gingen, wartete da auch eine kleine Gruppe junger Leute. Ein junger Mann hielt ein zusammengerolltes Transparent unter dem Arm. Er war recht gutaussehend, mit ein wenig längerem, hellblondem Haar.

»Na, hast du dich amüsiert in der Oper?«, presste er zwischen den Zähnen hindurch, als Anna an ihm vorbeiging. Sie beachtete ihn nicht.

»Früher warst du bei unseren Demos dabei. Jetzt wechselst du zu den Spießern über?«

Anna tat immer noch so, als bemerke sie ihn nicht.

Lauter rief der junge Mann Anna hinterher:

»Und jetzt gehst du auch schon mit deinem Onkel aus?«

Die anderen auf der Bank der Bushaltestelle lachten. Anna erwiderte nichts.

Um Fassung ringend und schuldbewusst sagte sie zu Friedrich Gontard: »Ein ehemaliger Freund.«

Die Elektrische kam an. Anna schien erleichtert zu sein, dass sie keine weitere Erklärung abgeben musste. Wortlos stieg sie in den hinteren Wagen ein. Das Trüppchen der Demonstranten mit Annas ehemaligem Freund fuhr nicht mit, zum Glück.

Gontard schaute der Bahn nach, ohne sich zu regen. Auch die junge Frau im letzten Wagen schaute nur gerade vor sich hin und stand, statuenhaft und ernst, bis der Mann an der Haltestelle nur noch so groß wie ein Pünktchen war. Wenn nur schon übermorgen wäre, dachte sie. Er hat so eine angenehme dunkle Stimme. Und überhaupt. Er gefällt mir.

2. KAPITEL

Fräulein Hunziker und das Telefon

Friedrich Gontard hatte Anna die Telefonnummer seines Diensttelefons gegeben, da seine Ludwigshafener Privatwohnung, ein geräumiges, schönes Altbauappartement in der Nähe des Pfalzbaus, gerade renoviert wurde und die Leitungen neu verlegt werden mussten. Seine Wohnung war derzeit ein Chaos.

Nun ertappte er sich dabei, wie er bei jedem Klingeln des Telefons mit klopfendem Herzen den Hörer abnahm und, wenn er nicht Annas Stimme jenseits der Strippe hörte, mit Enttäuschung reagierte. Am Nachmittag, nachdem er ins Nachbarzimmer gerufen worden war und nach einer halben Stunde zurückkam, sagte seine altjüngferliche Sekretärin, Fräulein Hunziker: »Eine Anna Nüsslein möchte, dass Sie zurückrufen.« Bei »Nüsslein« lächelte sie mokant. »Eine sehr junge Stimme war das«, fügte sie etwas spitz hinzu. »Ein neuer Fall?«

»Ja, ein brandneuer Fall«, erwiderte Gontard mit gespielt ernsthafter Miene, was Fräulein Hunziker mit Stirnrunzeln quittierte. Diese Männer! Sie waren doch alle, alle gleich. Nur immer das Eine im Kopf.

Und das war doch nun unerhört! Statt hier am Schreibtisch den Anruf dieser Anna Nüsslein – welch lächerlicher Name überhaupt – zu beantworten, lief der Chef ins Nebenzimmer, wo niemand war, um von dort zu telefonieren. Er musste viel zu verbergen haben, wenn er keine Zeugen haben wollte.

»Hallo, wir können uns morgen treffen, morgen um halb sechs in Tantes Villa. Sie hat Sie zum Tee eingeladen, Herr Gontard.«

»Ihre Großtante weiß von mir?«

»Ja, ich habe ihr von Ihnen erzählt. Sie möchte gerne einmal einen Kriminalkommissar kennen lernen. Das fehlt in ihrer Liste, hat sie gesagt.«

»In ihrer Liste?«

»Ja, na ja, die Tante ist etwas exzentrisch, aber gutmütig, und sie ist interessiert, neue Menschen kennen zu lernen. Außerdem möchte Sie Ihnen etwas zeigen, das Sie interessieren könnte.«

»Jetzt steigt die Spannung ins Unermessliche. Ich komme.«

»Dann bis morgen Abend um halb sechs Uhr in Heidelberg. Die Villa finden Sie in der Ziegelhäuser Landstraße. Nummer einhundertzehn. Am Stauwehr, das ist gegenüber von Karlstor und Karlstorbahnhof.«

»Bis morgen dann. Ich sterbe vor Ungeduld ... vor Ungeduld natürlich wegen der Tante.«

»Wer würde das bestreiten? Aber trotz Ungeduld bitte viel Geduld mit der Tante mitbringen. Sie ist – wie soll ich sagen – außergewöhnlich und ein bisschen gewöhnungsbedürftig.«

»Ich liebe außergewöhnliche Menschen. Von der gewöhnlichen Sorte gibt es schon genug.«

»Sie sind ein ganz schöner Snob.«

»Da haben Sie mich kalt erwischt, Anna, so viel Menschenkenntnis bei einer so jungen Person?«

»So jung bin ich gar nicht, aber alles ist relativ.«

»Danke, sehr charmant. So, jetzt muss ich aber Schluss machen. Meine geschätzte Sekretärin, Fräulein Hunziker, steht sich schon die ganze Zeit die Beine wund beim Lauschen an der Tür nebenan.«

»Haha. Dann bis morgen in Tantes Villa.«

»Bis morgen in Tantes Villa.«

Als Friedrich Gontard in sein Dienstzimmer zurückging und sich an seinen Schreibtisch setzte, lugte er verstohlen zwischen den Fingern zu Fräulein Hunziker hinüber. Die sonst eher blasse Dame hatte einen hochroten Kopf.

Die Arme, dachte Gontard. Ich bin doch wirklich ein schlechter Mensch.

Er schob Fräulein Hunziker eine Schachtel Pralinen hin, die er immer in seiner Schreibtischschublade hatte. Doch die freundliche Geste der Wiedergutmachung wurde energisch zurückgewiesen.

»Nein danke. Ich mache gerade eine Diät.«

Mit einem eifrigen und energischen Klappern auf ihrer Schreibmaschine unterstrich Fräulein Hunziker das Gesagte.

Und nun wurde nichts mehr gesprochen, bis endlich Dienstschluss war.

3. KAPITEL

Eine Villa am Fluss

Friedrich Gontard konnte es kaum erwarten, bis er nach Heidelberg fahren konnte. Es war ein aufreibender Tag gewesen mit einem die Nerven verzehrenden Verhör eines Kellners, der im Verdacht stand, eine Kollegin, seine Geliebte, in einem Hotel in Schifferstadt erstochen zu haben. Gontard war nervös und fahrig gewesen, mit den Gedanken nicht bei der Sache. Er wischte sich ständig mit der Hand über die Augen, als könne er die Bilder wegwischen, die er gesehen hatte. Die Bilder des grauenvoll zugerichteten Opfers, Bilder des Tatorts, der Indizien, des Täters, der zynisch grinsend jede Aussage verweigert hatte. Es sah ganz nach dem klassischen Eifersuchtsdrama aus, aber es würde noch weitere zermürbende Verhöre geben, das stand fest.

Heidelberg, welch optische Wohltat nach den immer steriler werdenden Städtelandschaften von Mannheim und Ludwigshafen. Steriler wegen der vielen Neubauten, der vielen Hochhäuser, welche die durch den Bombenkrieg verursachten Krater, Lücken und Schutthalden ausfüllten und ersetzten. Hier in Heidelberg war ja keine Bombe gefallen. Oder fast keine. Es hieß, dass die Alliierten vorsorglich diese schöne Stadt und die Gegend drumherum ausgespart hätten für spätere eigene Zwecke. Es gab jenen bekannten Spruch: Heidelberg wollen wir schonen, denn hier wollen wir wohnen.

Friedrich Gontard fuhr nun über das holprige Kopfsteinpflaster der Alten Brücke, an den Barockstatuen in ihren Nischen vorbei, und er bog nach rechts in die Ziegelhäuser Landstraße ein, wo der von Platanen gesäumte Weg am Neckarufer entlangführte und links oben, hochnäsig und elitär thronend, die schönsten Villen der Stadt in architektonischer Vielfalt auf die Autos, Motorräder, Roller, Busse, Fußgänger und auf die Schiffe und Schleppkähne, die den Neckar entlangschipperten, herabblickten.

Heute fuhren nur einige Lastkähne, mit Kohle und anderen Gütern beladen, und ein paar Ausflugsschiffe, denn es war noch nicht Sommer und keine Hochsaison, und außerdem dämmerte der Abend.

Gontard stellte seinen hellgelben VW Käfer gegenüber dem Haus Nummer einhundertzehn unter einer Platane ab. Er musste die Augen zukneifen und wieder öffnen, denn er kam sich vor wie im Traum. Das Haus Nummer einhundertzehn war eine Villa von atemberaubender Schönheit. Wahrlich die Sprache verschlug es Gontard, als er, die Straße überquerend, auf das schmiedeeiserne Tor zuging, das leicht offen stand.

Vertrauensselig, dachte der Kommissar. Vertrauensselig und wenig ängstlich, wenig misstrauisch schien die Besitzerin dieser Villa zu sein. Solche Villen waren doch sonst immer verschlossen und verriegelt. Er stand vor der Fassade einer Villa, eines kleinen Schlösschens, das mit glyzinienumrankten Balkonen und Terrassen, buntverglasten Jugendstilfenstern, Türmchen und Erkern geschmückt war. Wie eine mit Juwelen behängte schöne Frau. Das Schönste an der Villa aber waren die bunten Ziegel, die in der Abendsonne schimmerten und glänzten, in Smaragdgrün, Honiggelb, Rostrot, Lapislazuliblau, in gleißendem Weiß und schokoladefarbenem Braun.

Von solchen Häusern, von solchen Villen träumte man vielleicht, aber diese Villa hier war echt.

Als Gontard durch das halbgeöffnete Tor aus schwarzem Schmiedeeisen hindurchging, musste er auf einmal die Luft anhalten, wie man es tut, wenn man etwas Unangenehmes riecht. Es roch faulig, modrig, süßlich.

Wie Leichengeruch, dachte er angewidert. Wie können Schönheit und Gestank so eng beieinander liegen? Aber alle Aufgänge von alten Villen riechen modrig und faulig und süßlich, auch wegen der Pflanzen, die im Schatten wuchern und nie einen Sonnenstrahl abbekommen. Dies ist nicht die erste Villa, die du betrittst, sagte er sich. An den Wänden des Treppenaufgangs wucherten Farne, die nun im Frühling hellgrün zu neuer Kraft erwuchsen. In einem kleinen Beet rechts vor dem Haupteingang waren schon die Blätter der Pflanzen zu sehen, die hier bald üppig sprießen würden. Gontard erkannte Digitalis, Kaiserkrone, Schwertlilie, Rittersporn und Maiglöckchen. Tulpen, Krokusse und Narzissen waren schon kräftig am Blühen. Da wirkte wohl ein Gärtner, das war zu sehen, oder eine fleißige Haushaltshilfe. Friedrich Gontard hatte bei seiner Großmutter im Osthofener Garten früher mithelfen dürfen, auch im elterlichen Frankfurter Garten und im Garten der Frankfurter Großeltern. Er kannte sich ein wenig aus und wurde leicht nostalgisch, als er an die Frankfurter und die Osthofener Blütenpracht, die Obsthölzer und den alten Baumbestand dachte.

Lautes Gebell riss ihn aus seinen wehmütigen Erinnerungen.

So etwas wie ein Riesenkalb, schwarz-weiß, sprang an ihm hoch und warf ihn, den nicht gerade schwächlichen Mann, fast um. Zwei Riesenpranken legten sich auf seine Schultern, eine feuchtkalte Schnauze – wenigstens ein gesundes Tier, ging es blitzartig durch Gontards Kopf – presste sich gegen das verblüffte Gesicht des Gastes.

»Oscar, aus! Sitz, Oscar! Braver Hund.«

Der »brave Hund« leckte dem Gast über das immer noch verdutzte Gesicht, ließ aber dann von seinem Opfer ab. Er trottete zottelig und gemütlich zu Anna hin, welche sich vor Lachen schüttelte, die Hand auf seinen Kopf legte und ihn kraulte.

»Hunde, die bellen, beißen nicht«, sagte sie, immer noch lachend.

Sie trug einen sehr kurzen Minirock mit einem geometrischen schwarz-weißen Muster, einen im ganz modernen Courrège-Stil, was sie viel jünger erscheinen ließ als vorgestern im Theater, wo sie einen Hosenanzug in schlichtem Schwarz getragen hatte.

Oje, vielleicht bin ich wirklich ein *cradle-snatcher*. Sie sieht nicht siebzehn Jahre jünger aus als ich, sondern fünfundzwanzig. Ich komme mir heute vor wie ein alter Mann, dachte Gontard.

»Kommen Sie doch bitte herein, junger Mann«, sagte, nein, befahl eine energische Stimme aus dem Halbdunkel des Villeneingangs.

Es war die Stimme eines weiblichen Generals, der seine Amazonen in die Schlacht schickt oder »jungen Männern« den Befehl gibt, in den Generalstabsbunker einzutreten. So erschrocken Gontard über die unverhofft aus dem Dunkel erschallende Generalsstimme war, so sehr versöhnte ihn die Anrede »junger Mann«. Das war gut für sein Ego. Vielleicht war er doch nicht so alt.

Großtante Klara – denn das musste sie sein, Anna hatte ihn mit Recht vorgewarnt – kam mit weit ausgebreiteten Armen auf Friedrich Gontard zu, drückte ihn an ihre massive und wogende, mit einer riesigen Elfenbeingemme geschmückte Brust, und führte den »jungen Mann« in ihre »bescheidene Hütte«, wie sie ihre Villa nannte.

»Ich bin das alte Krokodil«, sagte sie. »Man muss sich beizeiten in Selbstironie üben, sonst geht man unter im Alter. Aber werden Sie nicht verlegen, junger Mann, ich darf mich selbst Krokodil nennen. Wenn andere das tun, reagiere ich natürlich beleidigt. So weit geht meine Toleranz nun doch nicht.«

Gontard kam, als er nun das Innere der Villa betrat, aus dem Staunen nicht heraus. Ein Bodenmosaik stellte einen bellenden Hund an einer Kette dar, ganz im Stil eines pompejischen Mosaiks, mit einer lateinischen Inschrift: *cave canem*. Hüte dich vor dem Hund, erinnerte sich Gontard aus Schulzeiten. Oscar, der echte Hund, trottete nun zutraulich neben Gontard her. Die Marmornische rechts des Mosaikhundes, auch sie im Stil an eine römische Villa erinnernd, war mit einer Konsole versehen, auf der eine Büste stand: eine antike Göttin mit Pfeil und Bogen, Hunden und Hirsch. Diana, die Männer tötende Göttin der Jagd.

Die Treppe war mit einem kaukasischen Läufer ausgelegt, der auf jeder Stufe von Messingstangen festgehalten wurde. Gontard wäre fast ausgerutscht, denn an einer Stufe war die Stange locker und aus ihrer Halterung herausgerutscht. Gefährlich, dachte er. Er bückte sich und befestigte die Stange wieder.

Anna und ihre Großtante, die schon ein Stück vorausgegangen waren, hatten nichts bemerkt von dem Vorfall.

Gontard richtete sich auf und sah sich vielfach in Spiegeln wieder, welche die Wände des gesamten, sehr langen Treppenaufgangs säumten. Es sah aus, als seien viele Personen zugegen und ein Hunderudel, dabei waren es nur drei Leute und ein Hund. Eine ältere Frau, die sehr gutmütig aussah, ein wenig wie die personifizierte »Minna«, das Hausmädchen der Aristokraten, kam mit einem Tablett aus der Küche. Die Küchentür, die offen stand, gab den Blick frei auf das Innere, einen ganz und gar in holländischem Blau gekachelten riesigen Raum mit einem großen Herd in der Mitte. So viel sah Gontard, bevor die Tür ins Schloss fiel.

»Frau Mußgnug, meine treue Seele«, stellte Tante Klara, als könne sie Gedanken lesen, die Bilderbuch-Minna vor.

Das Tablett wurde von Frau Mußgnug im »Salon« abgestellt, einem einheitlich mit Biedermeiermöbeln eingerichteten, eher kleinen, intimen Raum. Dies war wohl das Lieblingszimmer der Hausbesitzerin, denn hier standen auf Konsolen viele Familienbilder und Fotos in ovalen und eckigen Rahmen, oder sie hingen an den mit einer gestreiften Biedermeiertapete in Creme und Lindgrün versehenen Wänden.

Über dem Kaminsims prunkte das riesige Porträt einer jungen Frau, gekleidet im Stil der Zwanzigerjahre, in fliederfarbenem Charlestonkleid mit Fransen und mit einer kurzen Ponyfrisur und silbernem Stirnreif. Das Kleid war fast so kurz wie Annas Minirock. Die junge Frau hielt eine lange Zigarettenspitze in der Hand und schaute selbstbewusst aus dem Rahmen und dem Betrachter direkt in die Augen.

Teerosen waren geschmackvoll in einer kobaltblauen Vase arrangiert und verbreiteten einen betörenden Duft.

Keine Spur von muffigem Moder in diesem lichten Damenzimmer.

»Frau Mußgnug, warum haben Sie denn nicht die silbernen Löffelchen mit meinem Monogramm gedeckt?«

»Ich kann sie nicht finden. Bestimmt habe ich sie verlegt beim Silberputzen. Aber trotzdem ist mir das Ganze ein Rätsel. Zwölf Kaffeelöffel können doch nicht einfach von der Bildfläche verschwinden.«

»Macht nichts«, sagte Tante Klara großzügig. »Das Haus verliert nichts.«

Der Tee wurde aus Tässchen mit chinesischem Dekor getrunken.

»Wunderschön. Ist das Frankenthaler Porzellan?«, fragte der Gast.

»Genau. Carl Theodor gemarkt. Das berühmte CT. Sie kennen sich aus in schönen alten Objekten?«

»Nicht viel, nur das bisschen, was mir meine Frankfurter Großeltern Gontard beigebracht haben. Sie waren ausgesprochen großbürgerlich und wohnten in antikem Mobiliar.«

»Interessant. Nun ja, junger Mann. Sie kennen meine Großnichte nun erst seit wenigen Tagen, das ist in der Regel zu kurz, um gleich in die Verwandtschaft eingeführt zu werden. Du brauchst nicht rot zu werden, Anna. Ich bin zwar alt, genau genommen siebenundsiebzig Jahre alt, aber nicht altmodisch, und ich gehe mit der Zeit. Bei meinem Frisör in der Plöck ist mir neulich die *Neue Revue* in die Hände geraten, und da habe ich diesen Aufklärungsbericht von einem gewissen Herrn Knolle, nein, Kolle gelesen. Sehr aufschlussreich, wenn auch für mich ein bisschen zu spät.«

Anna und Gontard sahen sich verstohlen an und mussten sehr an sich halten, um nicht laut herauszuprusten. Zudem war Annas Minirock hochgerutscht, was noch mehr zur Irritation des Gastes aus Ludwigshafen beitrug. Er musste sehr um Fassung ringen.

»Ach, ich muss schon sagen«, fuhr die Großtante, der die verstohlenen Blicke nicht entgangen waren, unbeirrt fort, »was hat meine Generation nicht alles verpasst. Wenn wir das gewusst hätten, was ihr jungen Leute heute wisst. Trotz allem, Hans und ich, wir hatten auch unsere guten Stunden. Auf dem Gebiet verstanden wir uns, wenn auch nicht auf politischem Gebiet. Aber ich schweife ab, und vorbei ist vorbei«, nahm sich Tante Klara selbst in die Pflicht. »Nun ist Hans schon seit über zwanzig Jahren tot, und ich verliere mich in überflüssiger Nostalgie. Hans habe ich auch diese ganze schöne Hundekunst zu verdanken, die Ihnen bestimmt schon aufgefallen ist, und die holländischen Gemälde.«

Tatsächlich standen überall Hunde, vor allem Porzellanhunde, englische King-Charles-Hunde mit Lockenohren in Schwarz-weiß oder Braun-weiß, eine ganze Vitrine nur mit Hunden der Marke *Steiff*, und »meine Hunde aus Karlsruher Majolika«, wie Tante Klara dem Gast erklärte. Sie tat dies keineswegs auf angeberische Art, nein, diese Objekte waren für sie einfach selbstverständlich und gehörten zu ihrem Leben.

»Hans hat mir immer diese Hunde geschenkt, das war mein Kinderersatz«, hier klang sie vorübergehend ein bisschen wehmütig, fing sich aber augenblicklich. »Ich mochte schon immer Hunde, das sehen Sie an Oscarchen.« Hierbei kraulte sie das weiche Fell des Tiers, das seinen schweren Kopf auf ihren Schoß gelegt hatte. »Hunde sind die besten Menschen, diese Devise ist auch die meine. Aber nun zu meinem Anliegen. Es hat auch mit meinem verstorbenen Mann zu tun, beziehungsweise mit seiner holländischen Kunst oben in der Galerie.«

Friedrich Gontard wurde immer neugieriger und verstand gar nichts. Er hatte sich sehr in Geduld üben müssen, die Ausführungen der Tante hatten ihn aber auch amüsiert.

Tante Klara zündete sich eine Zigarette an, die sie auf eine lange Zigarettenspitze steckte, was ihr das frivole Flair einer Zwanzigerjahre-Dame verlieh. Gontards Blick ging zu dem Frauenporträt über dem Kamin, und er verstand. Die junge Dame war Tante Klara in ihren besten Jahren.

»Ja, *o tempora, o mores*«, sagte die Tante. »Das war ich als junge Frau. Sie staunen, dass so eine alte Frau raucht, aber ich rauche, seit ich siebzehn bin, also seit sechzig Jahren. Damals war das ein absolutes Muss für eine emanzipierte Frau. So ist aus einer aufgetakelten Suffragette eine abgetakelte Fregatte geworden im Lauf der Zeit.«

Die Tante lachte laut über ihr Wortspiel, und Anna und Gontard lachten mit, nicht schadenfroh, sondern amüsiert über den Esprit der alten Dame.

»Aber nun zu meinem Anliegen«, sagte die Tante mit tiefer Grabesstimme.

Oje, dachte Friedrich Gontard, hoffentlich unterzieht sie mich jetzt keinem peinlichen Verhör, hoffentlich kommt jetzt kein Eignungstest für den »Zukünftigen« ihrer Großnichte Anna. Ob sie mich wohl fragt, ob ich rauche, ob ich gewisse Erfahrungen habe, wie hoch mein Vermögen ist? Wie Lady Bracknell in Wildes Komödie *Die Bedeutung Ernst zu sein*? Er hatte das Theaterstück erst vor Kurzem gesehen.

Doch die Tante tat zum Glück nichts dergleichen. Ihr Anliegen war ein anderes.

»Es hat indirekt mit meinem lieben Mann zu tun und den Gemälden, die er vor dem Krieg und auch noch während des Krieges aus Holland mitgebracht hat. Ich benötige Ihr Wissen in Sachen Kunst und vor allem Gemälden.«

»Gemälde? Ich fürchte aber, da überschätzen Sie meine Kompetenzen.«

»Anna sagte mir aber, sie habe in Ihnen einen kunstsinnigen Polizisten, Entschuldigung, Kommissar kennen gelernt.«

»Meine Kunst ist die Musik, auch in der Literatur kenne ich mich ein bisschen aus. Aber bildende Kunst? Gemälde? Ich gehe gerne in Museen, bin aber keineswegs ein Kenner.«

»Sie gehören wohl der Gattung der Tiefstapler an, Herr Gontard? Wie sympathisch. Von der anderen Sorte, von den Blendern und Angebern, gibt es wahrlich schon genug.«

Gontard bemerkte plötzlich, dass er den Familiennamen der Großtante nicht wusste. Sie würde wohl kaum Nüsslein heißen wie Anna. Anna war zwar die Großnichte, aber das ließ nicht auf den gleichen Familiennamen schließen. Da kam ihm der Zufall zu Hilfe, denn Frau Mußgnug räumte den Tisch ab und fragte, ob Frau Mahlsdorff denn noch weiteren Tee wünsche.

Sie wünschte nicht, und sie fuhr fort: »Es geht auch eher um einen Kriminalfall als um eine Kunstexpertise. Da würde ich schon eher einen Fachmann zu Rate ziehen. Oder lieber nicht, denen ist nicht zu trauen. Ein solcher Kunstexperte, ein Holländer aus Amsterdam, hat meinem Mann zwei angeblich echte Vermeers verkauft. Er hat für die beiden Gemälde damals drei meiner ererbten Weinberge, beste Pfälzer Lage bei Bad Dürkheim, veräußern müssen. Aber er hat es gut gemeint. Hans war ein zutiefst gutherziger Mensch, ich sagte es bereits. Kurz vor seinem Tod im Jahre 1943 teilte er mir seine Bedenken mit, was die Echtheit der zwei Vermeers anging. Dann starb er bald, und ich ließ die Sache auf sich beruhen. Ein Freund meines Mannes machte mich zwar auf einen angeblichen Fälscherskandal in Holland aufmerksam, das war in den Vierzigerjahren kurz nach dem Krieg, aber ich habe nicht weitergeforscht. Die Gemälde, wie auch alles, was in der Villa an sogenannten Werten zu finden ist, haben für mich einen rein ideellen Wert. Sonst nichts. Sie sind Teil meines Lebens, nicht mehr, nicht weniger. Doch schauen wir uns die beiden Vermeers an. Sie sind in der Galerie, auch sie eine Manie meines Mannes, der dort alle seine Mitbringsel aus Holland zusammentrug. Ich habe seit 1943 nichts verändert, aus Pietät.«

Als Friedrich Gontard sich von seinem Stuhl erhob, registrierte er belustigt ein weiteres Objekt von »Hundekunst«: ein mit einem Mops besticktes Biedermeierkissen in verblichenen Farben.

Frau Mahlsdorff ging mit Anna und Friedrich Gontard in den dritten Stock der Villa. Vor einer verriegelten Tür machte sie Halt. Vielleicht weil die Vermeers doch echt waren, hatte die Sorglosigkeit der Tante hier ihre Grenzen und sie hatte darum die Tür versperrt. Sie schloss auf. Den Schlüsselbund, der an einem schwarzen Samtbändchen hing, steckte sie vorsichtig in ihre Jackentasche zurück.

Gontard, der mit einem leeren Zimmer und zwei einsamen Vermeers und einigen wenigen anderen Gemälden gerechnet hatte, fuhr zurück. Wie in einem Museum hingen hier etwa dreißig bis vierzig Gemälde in verschiedenen Größen dicht an dicht in einem nicht sehr großen, schmalen Raum.

»Die Gemälde sind nicht abgesichert, nur die Tür ist verschlossen?«, fragte Gontard ungläubig. »Haben Sie keine Angst vor Dieben und Mördern?«

»Papperlapapp«, erwiderte Frau Mahlsdorff. »Die beste Garantie für die Sicherheit der Bilder ist erstens die Tatsache, dass die beiden Vermeers aller Wahrscheinlichkeit nach Fälschungen sind, also keinerlei Wert haben. Und dass zweitens alle anderen Bilder von weniger bedeutenden Malern stammen. Oder haben Sie schon einmal was von Harmen Steenwijck, Willem Kalf, Nicolaes Gillis, Jan van Kessel gehört? Zweite und dritte Wahl, wenn Sie mich fragen, selbst wenn die Gemälde nicht schlecht sind. Es gab damals in Holland unzählige Maler. Sehr gute Maler dazu. Die dritte Sicherheitsgarantie für meine Bilder ist die Tatsache, dass heute alte Kunst nicht mehr gefragt ist. Der Kunstmarkt will Modernes, Picasso hauptsächlich. Und vor allem nichts Gegenständliches. Die Nazis haben offensichtlich der modernen Kunst einen Gefallen getan, indem sie in ihrem Wahn die moderne Kunst eine entartete Kunst nannten. Von einem Extrem geht es immer ins andere Extrem, auch in der Kunstgeschichte. Das ist meine persönliche Theorie, Sie brauchen sie nicht zu teilen.«

»Sie mögen die moderne Kunst nicht sonderlich?«

»Ich bevorzuge die alte Kunst.«

Dabei schaute Frau Mahlsdorff so resolut um sich, dass Friedrich Gontard lieber nicht widersprach.

»Und hier sind die beiden Vermeers. Das erste Gemälde heißt *Het straatje* und stellt eine Straßenszene in Delft dar.«

Vor typisch holländischer Szenerie waren Frauen dabei, alltägliche Arbeiten zu verrichten. Das Gemälde trug Vermeers Signatur.

Anna übernahm die Führung. Nicht umsonst war sie Kunststudentin.

»Im Goldenen Zeitalter der holländischen Malerei, also im 17. Jahrhundert, hat man gerne solche häuslichen Genreszenen gemalt. Bin ich zu belehrend?«, fragte sie und schaute Gontard von der Seite her an.

»Aber nein. Ich weiß wirklich nicht viel über Malerei.«

Bei sich dachte er, dass er sich vielleicht bald würde revanchieren und Anna auch so dies und jenes beibringen können würde. Zumindest hoffte er es und freute sich darauf.

Das zweite Gemälde stellte ein junges Mädchen dar, das in einem dunklen Raum mit einem Licht hantierte, einem Kerzenleuchter, den es abschirmte. »Sie stellt das Licht unter den Scheffel«, sagte Tante Klara, »wie im Sprichwort. Ob das Bild symbolisch gemeint ist? Wir beide nannten das Gemälde unter uns *Das Licht unterm Scheffel*, obwohl der holländische Titel *Het meisje met de kruik* lautet, wie Hans mir damals sagte. Da steht nämlich auch ein zerbrochener Krug auf dem Tisch. Das ist eindeutig symbolisch. Ein zerbrochener Krug ist ein Symbol für verlorene Jungfräulichkeit und wurde vor dreihundert Jahren oft von Malern als Motiv benutzt, das hat der Kunsthändler damals erklärt.« Dabei sah die Tante ihre Großnichte prüfend und ein bisschen belustigt von der Seite her an.

Anna war ausnahmsweise nicht rot geworden und ignorierte die Worte der Tante. Sie übernahm wieder die Erklärungen.

»Die anderen Bilder sind fast alle sogenannte Vanitas-Gemälde, sie symbolisieren die Vergänglichkeit der Welt und des Lebens. Stillleben mit Totenköpfen, erlöschenden Kerzen, faulendem Obst, verblühten Blumen, beschädigtem Geschirr, vielen Uhren und Sanduhren, Allegorien für die verrinnende Zeit. Ich mache darüber gerade ein Seminar an der Uni. Entschuldigung. Ich möchte nicht dozieren.«

Immer dieses Entschuldigen, das muss ich ihr noch abgewöhnen, dachte Gontard. Ist das typisch für Pfarrerstöchter?

»Und dort drüben noch einmal Hundekunst«, rief Tante Klara. Dieses Bild war sehr belustigend, denn es stellte eine Winterlandschaft dar mit eislaufenden Menschen, aber im Vordergrund waren ziemlich groß und sehr eindeutig zwei Hunde beim Kopulieren dargestellt. »Die Holländer waren schon immer lebensnah und deftig, nicht so verklemmt wie wir Deutschen«, sagte die Großtante.

Friedrich Gontard zog es mit unwiderstehlicher Gewalt noch einmal zu dem zweiten Vermeer-Gemälde hin. Es war ebenfalls mit der Signatur des großen Meisters versehen. Wenn es eine Fälschung war, so war es eine meisterhafte Fälschung, so viel verstand sogar er als Laie.

Das Gesicht des Mädchens erinnerte ihn vage an ein bekanntes Gemälde. Eines, das er schon einmal gesehen hatte. Anna hatte sein Stirnrunzeln bemerkt und sagte:

»Sie sieht aus wie das Mädchen mit dem Perlenohrring, gell? Das kennt man von vielen Abbildungen. Es hängt im *Mauritshuis* in Den Haag. Vielleicht hat Vermeer das gleiche Modell gehabt. Das Mädchen hier trägt keinen Perlenohrring, aber einen ähnlichen Turban. Dieses hier ist eine Fälschung, wie es aussieht.«

»Aber du sagst deinem Professor und den Kommilitonen bitte nichts von den Vermeers deiner Tante! Ich möchte mich nicht blamieren«, sagte Tante Klara.

»Natürlich nicht.«

»Die Lichtführung auf dem Gemälde ist faszinierend«, sagte Friedrich Gontard. »Wirklich faszinierend, wenn ich das mal so sagen darf als Nichtkenner.« Und dann fragte er unvermittelt: »Ihr Gatte war oft in Holland vor dem Krieg? Hatte er dort geschäftlich zu tun?«

Die Reaktion der Tante war seltsam schroff.

»Ja, er liebte Holland. Aber gehen wir wieder nach unten.«

War er da auf eine Leiche im Keller gestoßen? Eine unbestimmte Anspannung war fast greifbar zu spüren.

»Ich bedaure sehr, Frau Mahlsdorff, dass ich Ihnen nicht helfen konnte. Doch herzlichen Dank für die private Kunstführung. Ich habe heute einiges gelernt.«

»Es ist keine hochkarätige Kunst. Fälschungen und mittelmäßige Maler. Hübsch anzusehen, nicht mehr. Sie sehen, für Diebe ist meine Villa nicht interessant.«

Auch die Tante stellt das Licht unter den Scheffel. Warum diese fast penetrante Tiefstapelei? So dachte Gontard beim Hinuntergehen.

Er verabschiedete sich und wünschte der Tante eine gute Reise für den nächsten Tag und eine erholsame Woche.

Anna begleitete Gontard zum Ausgang, Oscar am Halsband führend. Beim Hinuntergehen wäre sie fast auf dem kaukasischen Teppich ausgerutscht mit ihren flachen Ballerinaschuhen. Sie stolperte, glitt und wurde gerade noch von Gontard aufgefangen. Beide schauten sich an.

»Passen Sie morgen gut auf sich auf, versprochen?«, sagte Gontard leise.

»Versprochen.«

»Sehen wir uns wieder?«

»Auch das ist versprochen. Ich melde mich in Ihrem Büro.«

»Da wird Fräulein Hunziker wieder in Habachtstellung gehen müssen.«

Sie lachten, und er ging schnell zu seinem geparkten Wagen.

Als Friedrich Gontard nach Ludwigshafen zurückfuhr, stellte er sich immerzu die eine Frage: Warum habe ich Frau Mahlsdorff nichts von dem berühmten Fall Han van Meegeren erzählt? Dem genialen Vermeer-Fälscher? Der Fall war doch in Polizei- und in Kunstkreisen bekannt, obwohl er schon fast zwanzig Jahre zurückliegt. Warum hatte er geschwiegen? Er konnte wenigstens im Moment keine plausible Erklärung finden.

An einem der hohen Fenster der Villa stand Frau Mahlsdorff und fragte sich, warum sie dem Chef der Ludwigshafener Kripo gegenüber nichts von Han van Meegeren erwähnt hatte.

Und Anna, die nachdenklich und langsam, aber trotzdem glücklich mit Oscar die endlos lange Treppe hochging, fragte sich, ohne zu einem Schluss zu kommen, was wohl der wahre Grund für die Einladung gewesen war.

Egal. Hauptsache, sie hatte ihn wiedersehen dürfen. Ob es zu aufdringlich wirken würde, wenn sie ihn schon gleich morgen anriefe?

4. KAPITEL

Das Villasitten

Anna begleitete Tante Klara am nächsten Tag zum Karlstorbahnhof, der gerade vis-à-vis jenseits des Neckars lag. Die Räder an Tante Klaras Koffer rollten über die Stauwehrbrücke hinweg. Alle paar Meter sah man das schäumende Wasser im Wehr durch den Gullyrost hindurch, bräunlich, gelb, weiß. Wie Bier, hatte Anna als Kind immer gedacht, wenn sie damals mit ihren Eltern die Großtante in der Stadt besucht hatte. Sie war froh, dass sie nicht in der Villa wohnte, sondern in ihrem kleinen Zimmer in Neuenheim, denn sie konnte sich nicht vorstellen, auf Dauer mit Tante Klara zusammenzuleben. Mal ab und zu villasitten und Kaffeebesuche, das reichte. Und außerdem: Über eine sturmfreie Bude ging nichts. Anna zog Tante Klaras karierten Riesenkoffer hinter sich her. Vor ihr gingen die Großtante und Valentin Lobenhofer, der alte Verehrer der Tante – alt im wahrsten Sinne des Wortes –, der es sich nicht nehmen ließ, seine Angebetete zum Bahnhof zu begleiten, dabei fuhr sie doch nur für eine Woche zu ihrer Schwester nach Freiburg. Valentin Lobenhofer hatte seinen Dackel Mephisto dabei, der neben dem Herrchen hertrippelte, verfettet und schwer atmend. Neben der Tante trottete Oscar. Anna musste lachen, als sie die beiden Alten vor sich sah, die stattlich gebaute, majestätische Großtante und den um vieles kleineren, dicklichen Lobenhofer, daneben die Hunde.

Hunde und Besitzer waren sich tatsächlich nicht unähnlich,

Oscar und Mephisto die vierbeinigen Ebenbilder von Klara und Valentin.

Sie waren am Ende der Brücke am Kiosk des Ehepaars Specht angekommen, beide Urheidelberger, deftig, derb und geradeheraus.

»Frau Geheimrat«, rief Herr Specht zur Tante hinüber, denn er hatte diesen Titel für sie erfunden. »Sie verreisen? Da wollen Sie doch bestimmt ein schönes Mitbringsel kaufen. Wir haben ganz neue Heidelberger Souvenir-Krüglein bekommen. Wenn man sie hochhebt und daraus trinkt, ertönt das Lied *Ich hab mein Herz in Heidelberg verloren in einer lauen Sommernacht.*«

Frau Specht demonstrierte die Neuheit. Die Tante, weil sie in Eile war und außerdem nicht geizig, kaufte den Krug.

»Meine Schwester wird sich wundern«, sagte sie zum Ehepaar Specht. Dies war nicht gelogen. Edda würde beim Anblick des Geschenks vor Schreck umfallen.

Als die Tante in den Zug einstieg, winselte Oscar.

»Was hast du nur heute? Ich hätte dich gerne mitgenommen, mein liebes Hündchen«, sagte sie und kraulte ihrem Liebling das kuschelige Fell. »Aber du musst das Haus bewachen und Anna.«

»Ich hätte das auch übernommen«, meldete sich Valentin Lobenhofer. »Aber Sie wollten ja nicht darauf eingehen.«

»Es ist auch schicklicher so, Lobenhofer«, entgegnete die Tante.

»Lobenhofer« war seit vierzig Jahren ihre Anrede für den treuen Verehrer.

Als Anna die Stauwehrbrücke Richtung Villa überquerte, sah sie schon Babette an der Straße stehen.

Sie winkte ihr zu. Babette Basler war ihre neue Freundin und eine Kommilitonin, ein Mädchen, wie es gegensätzlicher zu ihr nicht hätte sein können. War Anna eher zurückhaltend, ruhig und von mädchenhafter Anmut, modisch, aber dezent gekleidet, so hörte man Babette schon von Weitem lachen oder reden. Ihre rabenschwarze Kleopatrafrisur zog die Blicke auf sich und ihr schrilles

Make-up erst recht. Wie eine Mischung aus Liz Taylor und einem Waschbär war sie um die Augen herum geschminkt, sie trug klimpernden Schmuck und grelle Farben, wo Anna erdiges Olivgrün, Beige, Schwarz und Weiß bevorzugte.

Viele von Annas Kommilitonen konnten diese Freundschaft nicht verstehen, aber eines Tages hatte sich Babette vor der Phonetikvorlesung einfach neben sie gesetzt und mit ihr geplaudert. Irgendwie stimmte die Chemie zwischen den beiden, trotz der großen Gegensätzlichkeit. Oder gerade deshalb. Die manchmal eher ernste Anna und die optimistische, dynamische Babette ergänzten sich prächtig, und eine unerschrockene »Mitsitterin« war nicht zu verachten, wenn die Villa mal wieder zu bewachen war mit ihren – wie Anna vermutete – heimlichen Schätzen. Die Untertreibungen der Tante, das kühle Herunterspielen der Werte von Mobiliar, Gemälden und Kunstobjekten war eine Marotte und so eine Art Beschwörung gegen mögliche Einbrüche, davon war Anna überzeugt.

Babette und Anna tranken auf dem zum Neckar hin gelegenen oberen Balkon der Villa ihren Tee. Babette, eine Teefanatikerin, hatte eine neue Sorte mitgebracht. Sie war nicht nur teekundig, sondern hatte auch Erfahrungen mit Haschisch. Obwohl ihr, wie sie Anna gestand, davon übel wurde, haschte sie ab und zu. Sie war in allem experimentierfreudig, von Männern bis zum Drogenkonsum, und Annas Eltern wären entsetzt gewesen über diese neue Freundin ihrer Tochter, hätten sie von ihr gewusst. Tante Klara kannte Babette und billigte sie, wie ein Exzentriker den anderen Exzentriker billigt. Sie war auch einverstanden damit, dass beide Mädchen die Villa hüteten.

»Du bist so ein braves Schaf«, hatte Tante Klara zu Anna gesagt. »Du kannst ein bisschen Anschub gebrauchen.«

Nun, ganz so brav war Anna nicht, aber die Großtante musste nicht alles wissen. Nachdem ihr Babette erzählt hatte, dass Haschisch ihr eigentlich nicht bekam, hatte Anna sowieso keine Lust, das Zeug zu probieren. Kiffen passte außerdem so wenig zu ihr wie das Rauchen. Sie fand sich lächerlich mit einer Zigarette in der Hand, irgendwie verkleidet. Sie hatte es einmal eine Weile probiert und dann aufgegeben.

Diesen Abend gingen Anna und Babette relativ früh zu Bett, denn eine Altenglischklausur war am nächsten Tag fällig und eine Unmenge altenglische Vokabeln und Grammatik zu pauken. Anna lernte am liebsten im Bett. Frau Mußgnug hatte sich gegen acht Uhr verabschiedet. Sie wohnte in der Schröderstraße und hatte noch ihrer Tochter zu helfen, die krank war und jemanden brauchte für die Kinder.

Anna schlief in Tante Klaras Zimmer, Babette im Gästezimmer, einem putzigen Raum mit weiß-goldenen Rokokomöbeln, Bildern mit Schäferszenen und einem Baldachinbett mit Brokatvorhängen.

Anna liebte Tante Klaras Zimmer mit dem etwas erhabenen Erker. Durch die Jugendstilfenster schien der Aprilmond. Das Wasser vom Stauwehr schäumte und rauschte. Schon in Kindertagen hatten dieses Rauschen und der Schein der bunten Glasfenster Anna besonders tief und ruhig einschlafen lassen. Sie kannte jede Arabeske, jede Blütenranke der Bleiverglasung. Oscar war heute nicht mehr zum Kuscheln gekommen, wie es sonst abends seine Gewohnheit war, aber er schlief wahrscheinlich schon unten in seiner Lieblingsecke, der Marmornische, neben seinem Artgenossen in Mosaik und dem Cave-Canem-Spruch.

Anna löschte das Licht, schmunzelte vorher noch über den Darmolmännchen-Kerzenleuchter aus Messing, den Tante Klara, zusammen mit Streichhölzern, immer neben der elektrischen Lampe stehen hatte – falls der Strom ausfiele, wie sie sagte –, und schlief schnell und fest ein.

Sie träumte.

Ein Mädchen mit einem altmodischen Turban in kaltem Blau und grellem Gelb – oder war es ein Orange, das in Blutrot überging? –

lief hastig über die Stauwehrbrücke, unter ihr schäumte die Gischt. Die Brücke stieg plötzlich in die Vertikale hoch, das Mädchen versuchte, sich festzuhalten an den Rillen eines Gullydeckels, doch die Finger glitten ab, sie drehte sich hilfesuchend zu Anna um, sie war Anna selbst, sie fiel, fiel, fiel ins Endlose, der Strudel des Stauwehrs schäumte und brauste und war dabei, sie zu verschlingen. Anna schrie und wachte von ihrem eigenen Schreien auf und hörte, dass sie nicht die Einzige war, die schrie. Das war Babettes Stimme draußen im Treppenhaus. Ein Schreien und Poltern, dann Stille. Komisch, dass Oscar nicht bellt, dachte Anna, wirklich komisch.

Sie zog sich im Dunkel des nur vom Mondlicht beschienenen Zimmers ihren Morgenmantel über, wollte das Licht der Nachttischlampe anknipsen, aber es ging nicht.

Seltsam. Tante Klaras Messingleuchter für alle Fälle fiel ihr ein. Mit zittrigen Fingern entzündete sie das Streichholz und ging mit dem Darmolmännchenlicht zur Tür, ins Treppenhaus. Das Schreien hatte aufgehört. Immer noch kein Laut von Oscar. Die Haustür fiel krachend ins Schloss. Schritte auf dem Kiesweg und dann Stille. In Panik eilte Anna die Treppe hinunter. Auf dem mittleren Treppenabsatz lag eine Gestalt. Fahles Mondlicht beschien ein noch fahleres Gesicht. Es war Babette. Mit weit aufgerissenen Augen lag sie da. Sie hatte sich nicht abgeschminkt, und die schwarze Tusche der Waschbärbemalung war verlaufen und ließ Babette wahrhaft gespenstisch aussehen. Ein Rinnsal dunkelroten Bluts vermischte sich mit der pechschwarzen Schminke, tropfte zu Boden und bildete eine klebrige Lache, die sich unter Babettes Kopf ausbreitete. Das schrille Flower-Power-Mädchen lag da, zu Annas Füßen, schief und verbogen wie eine geknickte Blüte.

Babette versuchte mühsam, Worte zu artikulieren, Anna vernahm nur ein abgerissenes Gestammel, das wie Kleinkindersprache klang: »… dort … Mann … mich … ein … aua …«

Reden Sterbende wie kleine Kinder, fragte sich Anna. Denn sie spürte, dass hier vor ihr eine Sterbende lag.

»... mich ... ein ... aua«, flüsterte Babette noch einmal, dann verstummte sie.

Die Szene, von flackerndem Kerzenschein beschienen, reflektierte sich gespenstisch in den Spiegeln des Treppenhauses, so dass nicht ein einziges totes Mädchen, sondern viele tote Mädchen, verrenkt und verbogen, auf den Stufen zu liegen schienen. Ein unheimlicher Berg von Leichen türmte sich auf.

Anna ging wie eine Schlafwandlerin zum Telefon, das oben rechts vom Treppenabsatz stand, und rief die Polizei an. Dann ging sie ebenso schlafwandlerisch die Treppe hinunter, an der Toten vorbei, um das zu sehen, was sie schon geahnt hatte. Da, in seiner Lieblingsnische, lag Oscar, und er schien friedlich zu schlafen. Doch Anna wusste, dass man ihn getötet hatte, wer auch immer es gewesen war.

Als die Polizisten kamen, konnte sie nur noch sagen: »Einbrecher. Freundin ... Oscar ... tot.« Dann brach sie zusammen und wurde hochgetragen.

Gegen zwölf Uhr nachts war Friedrich Gontard immer noch in seinem Büro in Ludwigshafen und stöberte in den Akten. Spätes Arbeiten war keine Seltenheit für den Chef der Mordkommission. Außerdem zog es ihn nicht in seine immer noch chaotische Wohnung. Der Fall van Meegeren ließ ihm keine Ruhe. Er wurde nicht fündig und wollte schon die Suche abbrechen, als ihm plötzlich Alfred Melzer, sein alter Freund und Kollege vom Heidelberger Kriminalamt, einfiel, der sich, soweit er sich erinnerte, mit dem damaligen Fälscherskandal sehr intensiv beschäftigt und ihm davon erzählt hatte. Alfred Melzer konnte er auch noch sehr spät anrufen. Oder war dies nun doch ein wenig unverschämt? Nein. Melzer war ein Nachtmensch und ging nicht vor eins ins Bett. Gontard wusste, dass er selbst kein Auge zutun würde, wenn er nicht Klarheit über diesen alten Fall hätte. Unerledigtes raubte ihm neuerdings immer die Nachtruhe.

Tatsächlich war Melzer noch zu sprechen, aber er klang ziemlich eilig und zerstreut.

»Hör zu, Friedrich, zu anderer Zeit gerne mehr über den Fall van Meegeren, ich müsste da selbst suchen, es ist schon ungefähr zwanzig Jahre her. Wir reden, wenn du willst, morgen darüber. Ich melde mich bei dir. Aber ich werde gerade von der Zentrale an einen Tatort gerufen. Da hat es anscheinend einen Überfall auf eine Villa gegeben ... Ein totes Mädchen ... Wo genau? In der Ziegelhäuser Landstraße, hieß es ... Friedrich?«

Alfred Melzer legte kopfschüttelnd auf, als er am anderen Ende nichts mehr hörte, und fuhr zum Tatort.

Friedrich Gontard traf nur wenig später als Alfred Melzer in der Villa ein.

Er gab dem erstaunten Freund keine Erklärungen ab, sondern rannte an diesem vorbei und wie ein Besessener die Treppe hoch. Als er das Gesicht des toten Mädchens sah, war er erleichtert und schämte sich sofort dafür. Er ging zu Anna hoch, die gerade zu sich kam, nahm sie nur in die Arme und stammelte: »Ich hatte gehofft, dass ... dass es die Freundin ist ... dass nicht Sie es sind, Anna.«

»Babette. Babette ist tot?«

Gontard schwieg.

Alfred Melzer trat zu dem Paar und sagte: »Es scheint, als wurde in eines der Zimmer im oberen Stock eingebrochen. Die Tür steht weit offen.«

Anna, auf Gontard gestützt, folgte Alfred Melzer nach oben. In der Gemäldegalerie fehlten nur zwei Bilder: *Het straatje* und *Het meisje met de kruik* alias *Das Licht unterm Scheffel*, die beiden Vermeers. Anna und Gontard sahen sich stumm an.

»Wo ist eigentlich Oscar? Hat er nicht gebellt?«

»Er liegt da unten. Tot.«

»Die Schufte«, sagte Gontard leise.

»Meinst du, das war eine Bande, Friedrich?«, fragte Alfred Melzer.

»Möglich. Aber ein Einzeltäter käme doch auch in Frage. Es wurden nur zwei Bilder gestohlen. Und die waren nicht sehr groß.«

»Gehen wir zu Oscar hinunter?« Anna sagte es flehentlich.

Das tote Mädchen war bereits abtransportiert worden. Die Leute von der Spurensicherung machten sich in der Villa zu schaffen. Sie wuselten auf allen Stockwerken hin und her.

Doch Oscar lag noch an der gleichen Stelle. Niemand hatte ihn angerührt. Was zählt schon ein Hundeleben? Keiner hatte sich bisher für das tote Tier interessiert.

Annas ganzer angestauter Schock, ihre Wut, ihre Angst, ihre Trauer, die Panik brachen aus ihr heraus. Schluchzend warf sie sich auf den toten Oscar, barg ihr Gesicht in seinem wuscheligen Fell und streichelte ihn, als könne sie ihn wieder zum Leben erwecken. *Cave canem*, las Gontard auf dem Fußbodenmosaik neben dem toten Hund. Es schien ihm angebrachter, den Spruch zu ändern in *cave hominem*. Hüte dich vor dem Menschen.

»Ich bleibe heute Nacht hier«, sagte er zu Anna, die folgsam nickte und lange nicht von Oscar wegzubewegen war.

»Ich hätte gleich dableiben sollen. Dann wäre das alles vielleicht nicht passiert«, sagte Friedrich Gontard, und er legte schützend seinen Arm um die immer noch schluchzende Anna.

5. KAPITEL

Eine Neuigkeit

Drei Tage nach den schrecklichen Ereignissen in der Ziegelhäuser Landstraße stagnierten die Ermittlungen der Heidelberger Kripo, die übrigens dankbar war für die Unterstützung des Chefs der Ludwigshafener Mordkommission. Alfred Melzer, im Wissen um Friedrich Gontards persönliches Interesse an dem Fall, hatte seinen Freund ausdrücklich um Mithilfe gebeten, soweit es seine Zeit erlaubte. Die Heidelberger Polizei, derzeit von einer Autoknackerbande auf Trab gehalten und überlastet, so erklärte Melzer dem Freund, würde linksrheinische Hilfe begrüßen. Friedrich Gontard müsse diesbezüglich jedoch an höherer Stelle um Freistellung bitten, zumindest mit einem gewissen Stundenkontingent. Gontard versprach, dies umgehend zu erledigen.

Die Freunde fassten die Sachlage noch einmal zusammen. Lag da ein Unfall, lag Totschlag oder gar Mord vor? Die plausibelste Theorie lautete folgendermaßen: Ein oder mehrere Täter waren nachts in die Villa der Frau Mahlsdorff eingebrochen und hatten nichts außer zwei Gemälden mitgenommen, welche die Signatur des großen Malers Vermeer trugen. Das eine Bild, eine Delfter Straßenszene des 17. Jahrhunderts, war auf jeden Fall eine Fälschung, denn das Original, so hatten Alfred Melzers Leute ermittelt, hing zur Zeit im Amsterdamer *Rijksmuseum*. Das andere Bild war nicht so eindeutig. Das Gemälde, das ein junges Mädchen mit Licht, Scheffel und zerbrochenem Krug darstellte, war offensichtlich dem berühmten

Vermeer-Gemälde *Das Mädchen mit dem Perlenohrring* nachempfunden, das im Besitz des Museums *Mauritshuis* in Den Haag war. Diesbezüglich wurde in Richtung Han van Meegeren ermittelt, des 1947 berühmt gewordenen genialen Vermeer-Fälschers. Angeblich waren noch Vermeers aus seiner Hand im Umlauf. Vielleicht stammten beide Fälschungen von ihm, vielleicht nur eine, vielleicht keine. Da van Meegeren aber bereits seit 1947 tot war, konnte man ihn nicht mehr befragen.

Man vermutete weiter, dass Babette Basler den oder die Täter überrascht hatte und dabei entweder die Treppe hinabgestoßen worden oder aber unglücklich ausgerutscht war und sich zu Tode gestürzt hatte. Also Unfall oder Totschlag in Tateinheit mit Raub. Es lagen keine Indizien vor, die auf einen vorsätzlichen Mord an dem Mädchen hätten schließen lassen.

In einer Sache war man sich sicher: Da keine der Türen gewaltsam aufgebrochen worden war und auch sonst der oder die Täter die Verhältnisse im Haus gut gekannt haben mussten – ein wachsamer Hund war beseitigt und die Sicherungen herausgedreht worden –, glaubte die Polizei an eine seit Längerem geplante Tat. Der oder die Täter hatten die Verhältnisse ausgekundschaftet, um ungestört vorgehen zu können.

Klara Mahlsdorff war unverzüglich aus Freiburg zurückgekommen, untröstlich über ihren Leichtsinn, ihre Verantwortungslosigkeit und Arglosigkeit, wie sie es nannte. Selbstquälerische Vorwürfe und Zerknirschtheit waren ihrem selbstbewussten Naturell ansonsten fremd, aber es war ein junger Mensch zu Tode gekommen. Und ein Tier, ein Lebensgefährte, ein treuer Begleiter über zwölf Jahre hinweg. Untröstlich war die Tante über Oscars Tod. Die beiden Gemälde kümmerten sie relativ wenig. Sie konnte sich auch nicht erklären, wer sich für Fälschungen interessiert haben mochte.

Anna und Friedrich Gontard hatten sich in der Heidelberger Mensa im Marstall verabredet, um anschließend zu einem Gespräch mit

Frau Mahlsdorff in die Villa zu kommen. Gontard fühlte sich etwas befangen unter all den jungen Leuten, die zwanzig Jahre jünger waren als er selbst, aber als Dozent oder Professor oder Doktorand mochte er wohl durchgehen. Einige ältere Gesichter als das seine bewiesen, dass nicht nur Studenten in der Mensa aßen. Vielleicht waren auch ein paar darunter, die ewig studierten.

Gegenüber von Anna und Friedrich Gontard unterhielten sich drei Medizinstudenten detailliert und ekelerregend über ihre Sezierarbeit vom Vormittag. Anna stocherte lustlos in ihrem Spinat und beschloss, heute lieber zu hungern, als einer der drei eifrigen Medizinmänner genüsslich von der grünlichen Hirnmasse schwärmte, die er am Morgen hatte analysieren dürfen. Gontard, von seinen Ludwigshafener Pathologen an solche Dinge gewohnt, grinste leicht.

Da setzten sich zwei junge Männer neben Anna. Sie hatten beide längere Haare. Man hätte sie für Brüder halten können, nur war der eine etwas kleiner und trug einen ziemlich auffälligen orangefarbenen Pullover. Der Größere sagte: »Gehst du wieder mit deinem Onkel aus, Bullenliebchen?«

Anna wurde ganz blass.

»Lass mich in Ruhe, Michael. Es ist doch lange aus. Ich lass dich doch auch dein Leben leben. Warum spionierst du mir immer wieder hinterher?«

Der junge Mann, erkannte Gontard, war der ehemalige Freund, der Anna nach dem Opernbesuch an der Haltestelle in Mannheim provoziert hatte.

»Wir gehen«, sagte Anna. »Nun ist mir der Appetit zweifach vergangen.«

Die drei Mediziner schauten verständnislos drein, und der junge Provokateur grinste hämisch und machte eine Bemerkung zu seinem Begleiter, die Anna und Gontard nicht mehr hörten, denn sie waren schon aufgestanden. Der Angesprochene grinste zurück, und dann lachten beide laut hinter dem sich entfernenden Paar her.

»Da schämt man sich manchmal dafür, dass man sich hat verlieben können in so einen«, sagte Anna.

»Ja, das stimmt«, antwortete Gontard. »Ich kenne das. Man kann nicht verstehen, wie man sich in die eine oder andere hat verlieben können in der Vergangenheit.« Bei Gelegenheit werde ich ihr mal von meinen Verirrungen erzählen, dachte er. Davon gab es einige.

»Michael Weinbauer heißt er«, erklärte Anna, als sie am Neckar entlangschlenderten, zur Alten Brücke hin, unter den Bäumen, die zart blühten und dufteten.

Die *MS Franziska*, ein prächtiger dunkler Lastkahn, schipperte den Fluss hinab. Fröhliche Stimmen, Ziehharmonikagedudel, die marktschreierische Stimme eines Fremdenführers von einem schneeweißen Ausflugsschiff herab, der *Perle des Neckartals*. Einige Fetzen amerikanischen Englischs waren zu hören: »The castle, how wonderful.« Heidelberg hatte seine Touristen wieder und umgekehrt.

»Ich kenne ihn von früher, als wir Kinder waren. Er stammt aus dem gleichen Ort wie ich, und wir waren Spielkameraden. Dann gingen wir zusammen nach Heidelberg, er studierte Jura, und wir waren für ein knappes Jahr ein Paar. Bis er anfing, extreme politische Theorien von sich zu geben. Er war in einer Vereinigung, die sich *Kommunistischer Deutscher Studentenbund* nannte, und wir sind uns fremd geworden. Er hatte dann, glaube ich, eine andere Freundin, aber er hat mich trotzdem immer wieder provoziert und mir aufgelauert. Seit einiger Zeit hat er damit aufgehört, aber wenn er mich sieht, kann er seine zynischen Bemerkungen nicht lassen. Den mit dem orangefarbenen Pulli habe ich übrigens nicht gekannt. Michael hatte keine Freunde.«

Sie gingen über die Alte Brücke und den schmalen Pfad an der Kaimauer entlang.

Vietnam-Amerika-Mörder stand da in Riesenlettern zu lesen, die an die Mauer gemalt waren.

»Sie haben recht mit ihrem Protest gegen diesen Krieg, den die Amerikaner nur verlieren können«, prophezeite Gontard. »Und ich habe sehr viele Sympathien für die Studenten, die gegen die ganzen Altnazis protestieren. Es stimmt ja, überall haben sie sich verkrochen. Die vielen Nazijuristen, die ihre Todesurteile gefällt haben gegen Deserteure und andere sogenannte Verbrecher, ich möchte nicht wissen, wie viele von denen heute noch ihr Unwesen treiben. Sie sitzen in der Politik, in der Wirtschaft, überall. Was mich aber stört an den Ultralinken, das sind ihre Rundumschläge. Alle Extremdenker können nur in Schwarz oder in Weiß denken, egal, ob sie rechts oder links stehen. Da werden die Richter pauschal verdammt, die Lehrer werden pauschal verdammt, die Polizisten sowieso, und die Kirche wird pauschal verdammt ...«

»Und dann hat man seinen revolutionären Triumph«, prustete Anna los, »wenn man als so richtig antiklerikaler Linker ...«

»Was ist?«

»Ich kann es kaum sagen, es ist mir richtig peinlich ...«

Sie holte tief Luft und sagte dann doch: »... als richtig Antiklerikaler die Tochter eines Geistlichen dazu bringt, nein, fast dazu bringt, im Beichtstuhl einer katholischen Kirche ... in diesem Fall der Sankt-Bonifatius-Kirche in Heidelberg ... Liebe zu machen.«

Anna war nun doch rot geworden.

»Sie, Anna?«

»Fast. Fast, habe ich gesagt. Meine Kinderstube im protestantischen Pfarrhaus wirkt nach. Protest ja, Gotteslästerung nein.«

Und sie fügte hinzu: »So weit ging mein Privatrevoluzzertum nun doch nicht. Und bald danach war es sowieso aus zwischen Michael und mir.«

Gontard sagte eine Weile nichts. Schweigend gingen sie nebeneinander her, an den Leuten vorbei, die überall auf den Neckarwiesen den sonnigen Apriltag genossen.

»Was mich an den Wortführern unter meinen Kommilitonen so stört manchmal, das ist ihr Blendertum. Ich glaube, vielen geht es gar nicht um die Sache, sondern darum, sich zu profilieren. Ich könnte mir denken, dass einige später mal in Nadelstreifenanzügen genau da sitzen, wo sich heute ihre Erzfeinde befinden.«

»Vielleicht«, sagte Gontard.

Da kam ein Mädchen auf die beiden zu. Es war sehr groß und schlank und wirkte sportlich und ziemlich burschikos mit seinen kurzen, rotbraunen Locken. Es hatte eine kecke Stupsnase voller Sommersprossen.

»Hallo, Anna«, sagte das Mädchen.

»Hallo, Angelika«, erwiderte Anna den Gruß und stellte der Kommilitonin ihren Begleiter vor.

Dann sagte sie, zu Gontard gewendet:

»Angelika ist noch ein Frischling an der Uni, sie studiert Sport und Englisch, und außerdem kommt sie auch aus einem Pfarrhaus, aber aus einem südhessischen. Wir halten hier ziemlich zusammen, wir Pfarrerstöchter. Es gibt an der Uni eine ganze Fraktion davon.«

»Gehst du heute Nachmittag zu Professor Sühnel in die Vorlesung? Ich hab dich dort übrigens schon ewig nicht mehr gesehen.« Angelika schaute fragend und etwas amüsiert zu Gontard hin. »Wichtigeres?«

»Viel Wichtigeres.« Anna sagte es mit Nachdruck und fügte hinzu: »Und seit gestern Ernsteres. Von Babettes Tod hast du gehört, oder?«

»Ja, das tut mir so Leid. Das war ein Schock, als ich es vorhin gehört habe. Babette war so – lebendig. So – lebhaft. Jetzt geh ich aber in mein Mittelenglisch. Du kommst also nicht zur Vorlesung um siebzehn Uhr?«

»Nein, das bringe ich heute nicht fertig«, sagte Anna. »Bis bald. Die Tante wartet.«

Das Mädchen drehte sich noch einmal um.

»Halt, Anna, ich muss dir noch was Wichtiges sagen. Ich habe jetzt rausgekriegt, wer die Freundin von Michael Weinbauer war. Eher durch einen Zufall. Kennst du auch. Kanntest du auch. Es war Babette. Sie hat aber vor Kurzem Schluss gemacht, weil sie einen anderen hatte. Das hast du nicht gewusst, oder?«

Anna musste diese Information erst einmal verdauen, es dauerte eine Weile, bis sie sich fing.

»Er war so eifersüchtig danach und hat ihr nachgestellt«, fügte das Mädchen hinzu.

»Wie mir früher auch! Aber warum hat Babette mir davon nichts gesagt? Sie war doch meine Freundin!«

»Vielleicht wollte sie dich nur schonen«, versuchte Annas Kommilitonin abzumildern.

Ach, dachte Gontard. Das ist interessant. Die Eifersucht könnte doch für Babettes Tod eine neue Erklärung sein. Ein klassisches Motiv. Er behielt seine Theorie aber für sich. Angelika verabschiedete sich, und auch Anna und Friedrich Gontard mussten sich beeilen. Ein Blick auf die Uhr sagte Gontard, dass sie sich schon ein bisschen verspätet hatten.

6. KAPITEL

Valentin Lobenhofer und eine Überraschung für Friedrich Gontard

Die Großtante verzieh das Zuspätkommen in ihrer großzügigen Art. »Pünktlichkeit ist der Dieb der Zeit. Stammt nicht von mir, sondern von meinem Lieblingsdichter Oscar Wilde, muss ich gestehen. Mein liebes Hundchen hieß wie er, übrigens. Aber ich schweife mal wieder ab. Ich werde alt. Und meine Granatbrosche muss ich auch verlegt haben. Ich kann sie nirgends finden. Aber das Haus verliert nichts.«

Die Tante hatte Besuch. Altverehrer Lobenhofer saß auf dem Biedermeiersofa und trank einen Tee. In seiner Rundheit und Jovialität sah er aus wie eine Gestalt aus einem Roman von Balzac.

Tante Klara sagte: »Mein Freund Lobenhofer hier ist Sammler alter Kunst. Vielleicht kann er uns ein wenig beraten, wie es nun weitergehen soll nach all dem Schrecklichen. Wie es mit den Bildern weitergehen soll, meine ich.«

»Die sind nun schon in irgendeinem Safe, denke ich«, sagte Valentin Lobenhofer.

»Obwohl das Unsinn ist. Wer würde Fälschungen stehlen? Es macht keinen Sinn. Ich hätte gedacht, ein Safe ist nur für wirklich Wertvolles gedacht.«

»Nun ja, vielleicht sind die Bilder doch wertvoll. Ich habe mich ein bisschen kundig gemacht, was diese Fälscheraffäre des Han van Meegeren betrifft«, sagte Gontard.

»Haben Sie schon von ihm gehört?«, sagte er, zu Lobenhofer gewandt.

»Van Meegeren? Nein. Wer war das?«, war die Antwort.

»Also, das war so: Alfred Melzer, mein Freund und Kollege von der Heidelberger Kripo, hat mir alles noch einmal erklärt. Han van Meegeren hat als Kunsthändler in Amsterdam einflussreichen, berühmten und zahlungskräftigen Kunden Vermeer-Fälschungen angedreht, die er selbst gemalt hatte. Meisterlich gemalt, denn er düpierte die gesamte Kunstwelt. Sein berühmtester Kunde war Reichsmarschall Hermann Göring, dem er das angeblich verschollene Bild *Christus und die Ehebrecherin* verkaufte. Für die kleine Summe von eineinhalb Millionen holländischen Gulden. Amerikanische Soldaten fanden das Bild in einem bayrischen Bunker im Jahre 1945. Es gehörte zu den Beutetrophäen der Nazis. Diese Beutegüter stammten oft aus beschlagnahmtem jüdischem Eigentum. Nicht aber dieser Vermeer, das war schon sehr erstaunlich. Denn Göring konnte nach seiner Festnahme durch die Alliierten beweisen, dass er tatsächlich das Bild redlich erstanden hatte von Han van Meegeren, Kunsthändler in Amsterdam. 1947 wurde van Meegeren der Prozess gemacht, weil er angeblich als Kollaborateur mit den Nazis Geschäfte gemacht und holländisches Kulturgut von höchstem Wert an sie verhökert hatte. Einen Vaterlandsverräter schimpfte man ihn zunächst, doch dann die Überraschung und die Wende im Prozess: van Meegeren konnte beweisen, dass er selbst und nicht Vermeer das mutmaßlich verschollene Bild gemalt hatte. Hereingelegt hatte er Göring und Konsorten, bloßgestellt und lächerlich gemacht. Nicht nationales Kulturgut hatte er den Nazis verkauft, sondern eine Fälschung. Der Prozess machte van Meegeren zum Volkshelden, seine Kunst wurde gelobt. Genial nannte man ihn, der vorher unter seinem eigenen Namen und mit seiner

Art zu malen kein einziges Bild verkauft hatte. Nun bewies er der Kunstwelt, dass er ein Könner war. In der Zelle – er bekam nur ein Jahr Gefängnis übrigens – musste er zum Beweis, dass er nicht gelogen hatte, Vermeers malen. Er stellte aus Abführmitteln das berühmte Vermeer-Gelb her, und die Kunstexperten knirschten mit den Zähnen oder staunten, je nachdem. Und das Allerverblüffendste: Die Vermeer-Fälschungen stiegen an der Kunstbörse. Die Fälscherkunst brachte Geld. Frau Mahlsdorff, entschuldigen Sie die Direktheit: War Ihr Gatte auch solch eine Nazigröße? Könnte es sein, dass er van Meegerens Opfer war?«

Die Großtante reagierte diesmal nicht schroff auf Gontards Direktheit.

»Also, Herr Gontard, das ist richtig und auch wieder nicht. Hans war ein ... naiv Verblendeter.«

An dieser Stelle lag Gontard ein Einwand auf der Zunge, denn bis zum Überdruss hatte er seit 1945 immer wieder diese Beschönigungen anhören müssen. Doch mit Rücksicht auf Frau Mahlsdorff und vor allem auf Anna schwieg er diskret.

Die Tante fuhr fort: »Gab es nicht viele solcher Menschen damals? Aber Hans war kein Hundertprozentiger, und eine Nazigröße war er schon überhaupt nicht. Er verwaltete mein nicht unbeträchtliches Erbe, die Dürkheimer Weingüter, ich erwähnte es schon vor einigen Tagen. Er starb – zu seinem Glück vielleicht – 1943 und wurde nie verhört. Eventuell gab es da Verbindungen, von denen ich nichts weiß. Ich stand politisch – innerlich – auf der anderen Seite. Ich war nie eine Hitlersche, aber ich musste mich auch arrangieren, wie die meisten. Wir hatten viele Gespräche. Ein solches Gespräch belauschte einmal ein Dienstmädchen, und Hans musste ihr Schweigegeld zahlen, sonst hätte sie mich angezeigt. Ich hielt Hans seine Naivität vor, und vor seinem Tod sah er klar seinen Irrtum ein. Ich glaube nicht, dass er diese Bilder von van Meegeren gekauft hat. Es wäre ein Zufall. Er hat mir auch nie diesen Namen genannt, und er war chaotisch und schlecht in Buchführung. Wenn ich sage, er verwaltete mein Vermögen, so heißt das, er delegierte dies an einen sehr fähigen Mann seines Vertrauens. Wir hatten Glück mit ihm. Nein, es war bestimmt nicht van Meegeren, der ihm die Bilder verkauft hat. In Holland gibt es viele Händler und viele sogenannte Vermeers. Schlechte Kopien und nur Dutzendware. Wie auch immer, ich werde meine Bilder nicht mehr bekommen. Aber der Verlust ist nichts gegen das Schreckliche, was geschehen ist. Das arme Mädchen. Und Oscar.«

Sie schwieg.

Das arme Mädchen, dachte auch Anna, aber auch das Mädchen, das einer Freundin so einiges verschwiegen hat. Sie sagte aber nichts.

»Es gibt Sammler, die fanatisch sind«, sagte Valentin Lobenhofer auf einmal. Er hatte sich während der Unterhaltung zurückgehalten.

»Sie müssen es ja wissen, Lobenhofer. Wer einmal in einer Auktion neben Ihnen gesessen hat und Ihre fiebrige Art erlebt hat, ich denke da an die Auktion bei *Berlinghof* und die Elfenbeinminiatur für zehntausend Mark, weiß, was ich meine. Und dies ist nur ein Beispiel von vielen. Diese Aufgeregtheit. Dieses Fanatische an Ihrer ganzen Person bei Auktionen. Die fiebrig glänzenden Augen, das gewisse Flackern, die leicht zittrigen Hände, die weihevolle Stimme, wenn Sie Ihre Kleinode beschreiben: Sie sollten sich mal sehen und hören.« Tante Klara war in Spottdrossellaune ohnegleichen geraten.

Valentin Lobenhofer wehrte ab: »Sie übertreiben. Das hat nichts mit Fanatismus zu tun. Das ist Kennertum, Liebhaberei.«

Dieser unscheinbare Mensch, dachte Gontard während dieses Wortscharmützels. Dieser undefinierbare Mensch, was er wohl alles an Geheimnissen verstecken mag?

»Sammeln Sie auch Gemälde?«, fragte Gontard. Er konnte sich die Frage nicht verkneifen.

»Gerade Gemälde«, antwortete die Tante grabestief und energisch stellvertretend für Valentin Lobenhofer. »Er ist Dauergast bei *Tenner. Tenner* am Kornmarkt, der große Kunsthandel«, erklärte sie.

»Nun ja«, druckste der Verehrer und wand sich hin und her auf dem satinbezogenen Biedermeiersofa. »Nun ja.«

Mephisto, der Dackel, der sich bisher ganz ruhig zu Herrchens Füßen verhalten hatte, kläffte auf einmal, als spüre er die angespannte Situation. Mephisto übrigens hatte am Tag nach Oscars Tod die Nahrung verweigert und um seinen großen tapsigen Freund getrauert, der – man wusste es nun – mit einem Barbiturat, einer gewaltigen Überdosis, »ruhiggestellt« worden war. Oscar zumindest war vorsätzlich ermordet worden von Dieben, die Tote billigend in Kauf nahmen. Tote Menschen und tote Hunde.

»Ich halte Sie auf dem Laufenden, Frau Mahlsdorff, was die Bilder und alles andere betrifft. Vielleicht findet man doch eine Spur.«

»Wann wird deine Freundin beerdigt?«, fragte die Tante, zu Anna gewandt.

»Sie wird nach Heilbronn überführt, sobald die Gerichtsmedizin sie freigibt«, antwortete Gontard an Annas Stelle. »Es wird nichts Sensationelles herauskommen bei der gerichtsmedizinischen Untersuchung. Nichts über eine Schädelfraktur mit Todesfolge hinaus.«

»Das arme Mädchen«, sagte Tante Klara noch einmal. »Und mich trifft die Mitschuld.«

»Oder auch nicht.« Sehr energisch kamen diese Worte von Anna. »Wer weiß.«

Nur Gontard ahnte, was Anna damit gemeint haben könnte.

Beim Hinausgehen bemerkte Gontard das Jugendstilklavier. Spontan setzte er sich auf den runden Klavierstuhl, drehte ihn ein wenig hoch und spielte ein kleines Chopinstück. Die beiden Zuhörerinnen applaudierten.

»Endlich mal was Musikalisches in meinem Haus«, sagte Frau Mahlsdorff.

»Ich habe als Kind, wenn ich in den Ferien hier war, den Stuhl immer als Karussell zweckentfremdet«, erinnerte sich Anna ein wenig selbstironisch. »Über den Flohwalzer bin ich nie hinausgekommen. Ich bin eine richtige Musikbanausin.«

Während sie zur Mensa zurückgingen, wo noch Gontards Auto geparkt war, fragte er: »Habe ich das richtig verstanden? Sie haben den Verdacht, dass sich Babette Ihr Vertrauen erschlichen hat, um in die Villa zu kommen? Aus welchem Grund auch immer?«

»Genau das habe ich gemeint. Seit heute Mittag glaube ich nicht mehr, in Babette eine richtige Freundin gehabt zu haben, sondern vielleicht eher, dass sie eine Komplizin war. Die Komplizin des Täters, der Täter? Ich weiß gar nichts mehr. Ihr Tod war ein unglücklicher Ausrutscher, im wahrsten Sinne des Wortes. Doch ich sehe nur ein einziges Knäuel von Fragen, auf die ich keine Antwort weiß. Übrigens: Wäre es nicht netter, wir duzten uns? Ich bin zwar ... Entschuldigung ... jünger und sollte das Alter ehren und Älteren den Vortritt lassen, aber ... Also, ich heiße Anna.«

»Ach ja? Ich heiße Friedrich.«

»Ach ja?«

In der Bergstraße angekommen, wo Annas Studentenbude war, sagte sie: »Müssen Sie ... musst du ... gleich nach Ludwigshafen zurück?«

»Auf einen Kaffee könnte ich noch mit Ihnen ... mit dir raufkommen.«

»Das ist ein alter Trick. Ich habe eine bessere Idee. In meiner Schreibmaschine müsste die Walze repariert werden. Da bin ich unemanzipiert und hab zwei linke Hände. Das ist Männersache.«

»Wenn du meinst. Gerne.«

Später, in Annas Zimmer, hielten zwei Personen den Atem an, denn die Vermieterin war mit der Gartenschere gekommen und schnitt vor Annas Zimmer auf der Terrasse die trockenen Glyzinienranken ab, damit im Mai alles umso besser blühen würde.

Das Klick-Klack der Gartenschere entfernte sich schließlich, Gott sei Dank. Man konnte nicht ewig Glyzinien beschneiden.

»Du brauchst keine Angst zu haben«, sagte Anna. »Ich nehme die Pille. Dank einer sehr fortschrittlichen Ärztin, die der Meinung ist, dass nicht nur Verheiratete so etwas brauchen.«

»Du hast immer wieder Überraschungen für mich parat«, war die überaus verdutzte Antwort.

Nun hält er mich für leichtfertig, dachte Anna. Das ist mir gar nicht recht. Hoffentlich lässt sich das noch korrigieren. Hoffentlich. Ich bin nämlich ganz anders.

Wie ich sie liebe, dachte Friedrich Gontard. Wie ich sie liebe.

7. KAPITEL

Tod am Stauwehr

»Liebe am späten Nachmittag macht nicht nur ein schlechtes Gewissen«, sagte Anna, »wenn man Pfarrerstochter ist, wo das schlechte Gewissen sozusagen zur moralischen Grundausstattung gehört. Liebe am Nachmittag macht vor allem auch Hunger. Wollen wir was essen gehen? Ich hätte Lust auf was Süßes. Und Tee oder Kaffee.«

»Jetzt, wo normale Leute zu Abend essen?«

»Ich pfeife auf die normalen Leute«, sagte Anna. »Gibt es etwas Langweiligeres?«

»Das klingt aber auch verdächtig nach Snob. Da passen wir zusammen.«

Als sie an einem der runden Tische im Café saßen, war Anna geistesabwesend. Sie nahm die Zitrone und presste sie in ihren Tee, dann schüttete sie Milch aus dem Kännchen dazu und produzierte eklig Geronnenes.

Jetzt hält er mich nicht nur für leichtfertig, sondern auch noch für tapsig und linkisch, dachte sie.

Gontard lachte, sie war ein bisschen beleidigt und auch ärgerlich über ihr Missgeschick, aber er strich ihr zart übers dunkle Haar.

Genau das gefällt mir so an ihr, dachte er dabei, das Verträumte, Zerstreute, ein bisschen Schusselige. Das ist so wohltuend anders als bei ihren perfekten, damenhaften Vorgängerinnen. Die waren von Kopf bis Fuß maßgeschneidert, auch im Kopf, da war alles geplant und kalkuliert. Nichts dem Zufall überlassen, keine Überraschungen ... auch nicht in der Liebe.

Er nahm ihre Hand in die seine und sagte:

»Verderben wir uns nicht die Laune. Genießen wir diese Marzipantorte, eine Spezialität des Café Schafheutle.«

Annas Vorgängerinnen , so erinnerte sich Gontard weiter, hätten so eine Torte gar nicht gegessen in ihrem Schlankheitswahn. Aber er behielt seine Gedanken für sich. Vorgängerinnen sollte er lieber nicht erwähnen.

»Ich habe das Fasten nicht nötig, zum Glück«, sagte Anna, als könne sie Gedanken lesen. »Es leben die feisten Torten. Sollen wir noch ein bisschen spazieren gehen nach Tee und Torte und all dem?«

»Was meinst du mit ›all dem‹?«, fragte Gontard, und Anna wurde – wieder einmal – ein bisschen rot.

Sie löste ihre Finger behutsam aus den seinen. Schöne Hände hat er, dachte sie. Vertrauensvolle Hände. Ich glaube, ich liebe ihn.

Sie gingen eng umschlungen die Hauptstraße hinunter und machten einen ausgedehnten Altstadtbummel. Sie blieben an den Auslagen der Geschäfte stehen. Vor allem vor dem Antiquitätengeschäft *Winnikes* mit seinem edlen Porzellan hielten sie sich lange auf.

»Ich könnte mir vorstellen, mich mal mit antiken Möbeln und schönen alten Dingen einzurichten«, sagte Anna.

»Dürfte ich da mitmachen? Ich glaube nämlich, wir haben den gleichen Geschmack,« meinte Friedrich Gontard und drückte Annas Hand dabei ganz fest.

Statt einer Antwort legte Anna ihren Kopf an Gontards Schulter und lächelte geheimnisvoll vor sich hin.

Als die beiden am historischen Studentenlokal *Zum Roten Ochsen* vorbeischlenderten, blieb Anna stehen.

»Ich war noch nie in diesem Lokal. Das ist fast schon eine Bildungslücke«, rief sie. »Komm, lass uns eine Kneipentour machen. Gehen wir einfach mal rein.«

Gontard konnte Annas Spontaneität auch diesmal nicht widerstehen, und die beiden suchten sich einen gemütlichen Platz auf einer Eckbank aus. Sie sahen sich amüsiert um, denn die Anzahl der amerikanisches Englisch sprechenden Touristen war groß, auch Verbindungsstudenten in voller Couleur fehlten nicht, vielleicht vom Wirt für die Touristen extra angeheuert.

»In jedem Klischee steckt irgendwo ein Körnchen Wahrheit«, sagte Friedrich Gontard. »Genau so habe ich mir nämlich den *Roten Ochsen* schon immer vorgestellt. Studenten und Amerikaner.«

Und ein wenig schulmeisterhaft fügte er hinzu: »Das merkt man, wenn man älter wird, das mit den Klischees.«

Jawohl, Professor Higgins, dachte Anna leicht belustigt. Das werde ich ihm noch austreiben, mich ständig wie Eliza Doolittle zu behandeln.

»Würdest du mich für sehr gefräßig halten, wenn ich mir noch was zu essen bestelle? Dieses Süßzeug hält nicht lange an. Eine deftige Bratwurst mit Sauerkraut wäre jetzt genau das Richtige«, sagte Anna. Statt zu antworten lachte Friedrich Gontard nur. Dieses Mädchen war alles andere als langweilig.

Als sie die von Tabaksqualm und Bierdunst eingehüllte Kneipe verließen, war es schon spät geworden. Sie schlenderten weiter die Hauptstraße hinunter bis zum Karlstor.

»Wie schön Tante Klaras Villa auf der anderen Seite drüben aussieht mit der ganzen Beleuchtung«, schwärmte Anna. »Gut, dass jetzt Frau Mußgnug bei ihr eingezogen ist. Endlich. Ich hab es schon lange vorgeschlagen, aber sie hat immer gesagt, ihre Tochter brauche sie wegen der Kinder. Es ist beruhigend, außerdem schaut der Feigenbutz jetzt öfter mal nach dem Rechten.«

»Wer ist das denn? Das klingt ja wie der Butzemann, der die kleinen Kinder schreckt!«, sagte Gontard belustigt.

»Der Emil Feigenbutz – Feigenbutz ist übrigens ein Urheidelberger Name wie auch Mußgnug – ist so was wie ein Gärtner und Elektriker und Maurer und alles in einem, also ein Faktotum. Eine Art Hausmeister. Schau mal ins Telefonbuch. Es gibt viele Feigenbutzes hier.«

Sie standen am Stauwehr und schauten wieder zur Villa. So friedlich war die nächtliche Szenerie. Wer hätte gedacht, dass sich hier vor Kurzem noch dramatische Szenen abgespielt hatten.

Die Lichter in der Villa erloschen nach und nach. Zuletzt die Lichter in Tante Klaras Erkerzimmer mit den bleiverglasten Jugendstilfenstern. Die Großtante ging spät zu Bett, sie war eine richtige Nachteule, und auch Frau Mußgnug machte sich lange zu schaffen. Obwohl dreimal die Woche noch das Mädchen Therese aus dem nahen Eppelheim einen halben Tag aushalf, blieb der Löwenanteil der Hausarbeit an der unermüdlichen Heidelbergerin hängen, die auch schon weit über sechzig war.

Friedrich Gontard und Anna schauten in die nachtschwarze Tiefe. Annas Stimme wurde auf einmal nostalgisch. Sie beugte sich ein wenig über das Geländer des Stauwehrs. Das Wasser sprudelte und schäumte.

»Unheimlich ist das immer wieder«, sagte sie. »Unheimlich und schön zugleich, und nie langweilig. Ich könnte stundenlang in dieses Wehr gucken. Das hat mich schon als Kind immer wieder fasziniert. Der Neckar war einmal über Weihnachten und Neujahr ganz zugefroren, da standen sogar Buden auf der Eisfläche, und wir sind zur Altstadt rüber gelaufen wie über eine Straße. Und einmal habe ich was Schreckliches mit ansehen müssen. Da war ich vielleicht elf oder zwölf Jahre alt, und wir machten bei Tante Klara Besuch. Es war Sommer, und wir saßen auf dem Balkon und schauten auf den Neckar. Ein junger Mann und ein junges Mädchen fuhren ganz nah in einem kleinen Boot ans Stauwehr heran. Aus Spaß schaukelte der junge Mann das Boot hin und her. Er wollte dem Mädchen vielleicht imponieren. Jedenfalls kippte das Boot, und die zwei verschwanden im Wasser. Beide sind sie ertrunken. Das war so grauenvoll.«

Anna verstummte. Dann schaute sie wieder nach unten.

»Komisch, das Wasser ist an der einen Stelle gar nicht braun, sondern eher rosa. Vielleicht durch die Beleuchtung? Aber das kann nicht sein.«

Auf einmal rief sie: »Aber da liegt doch jemand unten im Wasser.«

Gontard lehnte sich über die Metallbrüstung. Im grellen Neonschein der Straßenlampe sah man eine Gestalt ganz verdreht zwischen den Eisenstangen hängen. Das Gesicht des Menschen im Wehr war nach oben gerichtet, eine grässliche Fratze.

»Das ist jemand, den wir kennen«, sagte Gontard. »Ich glaube, das ist dein ehemaliger Freund.«

»Michael! Mein Gott. Das ist Michael Weinbauer.«

8. KAPITEL

Michael Weinbauer

Hauptkommissar Alfred Melzer war nicht wenig erstaunt, als er schon wieder seinen Freund und Kollegen der Ludwigshafener Mordkommission an einem Tatort traf. Welch merkwürdiger Zufall. Zwei Tatorte, nicht sehr weit voneinander entfernt. Der Tote, den Anna eindeutig als den Studenten Michael Weinbauer identifizieren konnte, zeigte Spuren von Gewalteinwirkung, die nichts mit dem Sturz ins Stauwehr zu tun haben konnten. Es gab Einstiche im Brust- und Bauchbereich wie von einem großen Messer.

Anna weinte leise vor sich hin: »Er ist früher so ein lieber Kerl gewesen«, sagte sie zu Gontard. »Und jetzt muss er so jämmerlich sterben. Wer das nur getan hat? Ein politisches Motiv? Ich werde das nie begreifen, wie er auf einmal so ... so fanatisch hat werden können. Seine armen Eltern. Das sind ganz liebe Menschen, so wie er früher auch einmal ein lieber Mensch war.«

Sie machte nun für die Polizeiakten Angaben zu Michaels Heimatort, der auch der ihre, das heißt der ihrer Eltern war. Sie beschrieb ihre innige Kinderfreundschaft zu Michael und die kurze Zeit, während der sie ein Paar gewesen waren. Dann die Entfremdung, Michaels einzelgängerisches und seltsames Verhalten, sein Abdriften in extreme politische Weltverbesserungsideen.

Anna dachte bei sich, dass nun das Dörfchen in der Nordpfalz Kopf stehen würde. Wie würden die Dorfleute reagieren? Ob nun Reporter kämen? Vielleicht war es zu pessimistisch, das anzunehmen. Michaels Vater, ein mittlerweile pensionierter Lehrer, der ehemalige Schulleiter der Volksschule, und Michaels Mutter, die seit Jahren karitative Arbeit leistete, würden hoffentlich Unterstützung im Dorf bekommen. Sie waren beide sehr beliebt. Michael war der einzige Sohn, das einzige Kind der beiden gewesen. Aber sie behielt ihre Gedanken für sich und konzentrierte sich auf die sachlichen Hinweise zu Michael Weinbauer.

Er hatte zuletzt eine Studentenbude in Heidelberg-Rohrbach gehabt, ausgerechnet in der Panoramastraße, in einer der vornehmsten Villengegenden der Stadt. Anna fiel, als sie die Wohnadresse Michaels angab, eine seiner Bemerkungen ein, die im Laufe ihrer Beziehung immer häufiger geworden waren:

»Du musst das Establishment mit seinen eigenen Waffen schlagen. Mittendrin musst du wohnen und das System vom Kern her aushöhlen. Das ist Klassenkampf.«

Das hatte in Annas Ohren reichlich abstrus geklungen, fast lächerlich, wie Räuber-Und-Gendarm-Spielen für Erwachsene, aber die Entfremdung zwischen ihr und dem einstigen Jugendfreund hatte schon lange, lange davor begonnen.

Am Tag nach Michaels Tod überschlugen sich die Ereignisse. Friedrich Gontard holte Anna nach dem Phonetikseminar am Anglistischen Seminar ab. Er hatte Neuigkeiten. Soeben hatte ihm Alfred Melzer mitgeteilt, dass die Untersuchung in Michael Weinbauers Wohnung in der Panoramastraße Sensationelles zu Tage gebracht hatte. Waffen hatte man gefunden und Prospekte von Waffen, auch einige kämpferische Schriften der kommunistischen Studentenbewegung waren gefunden worden. Die Vermieterin von Michaels Souterrainwohnung, eine Frau Trautmann, war seit zwei Wochen zur Kur in Bad Wildbad und würde erst verhört werden können, wenn sie zurück war. Es hatte niemand sonst im Haus gewohnt und es gab keine Zeugen für das Geschehen am Abend der Ermordung des Studenten.

Und die allergrößte Sensation: Die Delfter Straßenszene, die Vermeer-Fälschung, sei ebenfalls in der Wohnung gefunden worden, aber merkwürdigerweise in zerstörtem Zustand. Mit einem Messer war die Leinwand kreuz und quer aufgeschlitzt worden. Mit dem gleichen Messer, mit dem auch Michael getötet worden war? Wer stach auf einen Menschen und auf ein Bild ein und warum? War Michael der Einbrecher gewesen? Und Babettes Mörder, sofern ihr Sturz kein Unfall gewesen war? Die Heidelberger Kripo hatte beschlossen, Frau Mahlsdorff vorläufig noch nichts vom Fund des Bildes in der Wohnung des Getöteten zu sagen, zumal von dem anderen Gemälde jede Spur fehlte. Es war besser, wenn die Öffentlichkeit noch nichts von einer Verbindung der beiden Todesfälle wusste. Friedrich bat Anna, Schweigen zu bewahren.

Anna fiel ein, dass Michael natürlich während der nicht sehr langen Zeit ihrer Liaison mit ihr auch einmal in der Tantenvilla gewesen war und dabei die Gemäldesammlung gesehen hatte.

Anna und Friedrich Gontard setzten sich auf das Mäuerchen gegenüber dem Anglistischen Seminar. Sie war auf einmal wie geistesabwesend und murmelte Unverständliches vor sich hin.

Friedrich Gontard verstand nichts.

»Wie bitte?«

»... dort ... Mann ... mich ... ein ... aua ... Babettes Worte, bevor sie starb«, sagte Anna. »Wie dumm ich war. Das ist es, was sie mir sagen wollte: Dort der Mann: Michael Weinbauer. Es war Michael, der die Bilder gestohlen und Babette die Treppe hinuntergestoßen hat.«

»Letzteres werden wir vielleicht niemals genau erfahren. Michael und Babette sind beide tot. Vielleicht ist sie ja von selbst ausgerutscht, als sie dem Einbrecher nachrennen wollte. Mir selbst ist das am ersten Tag in der Villa auch beinahe passiert. Ich bin ausgerutscht, weil eine Messingstange lose war.«

»Ja, das stimmt. Der Teppich ist so rutschig. Ich habe das der Tante schon öfter mal gesagt, aber sie hat gemeint: ›Von meinem kaukasischen Teppich trenne ich mich nicht. Da nehme ich auch mal einen Ausrutscher in Kauf.‹ Aber etwas anderes: Könnten Babette und Michael nicht Komplizen gewesen sein? Sie waren ein Paar. Babette hat mir nicht nur das verheimlicht, sie hat sich doch ganz offensichtlich bei mir eingeschmeichelt. Das sieht nach abgekartetem Spiel aus.«

»Aber hat deine Kommilitonin nicht auch gesagt, dass Babette seit einiger Zeit einen anderen Freund hatte und Michael eifersüchtig war?«

»Ja. Obwohl ich mir das mit der Eifersucht nicht erklären kann. Michael sagte immer, Eifersucht sei ein Zeichen von kapitalistischem Besitzdenken. Das sei etwas für Spießer. Und *variatio delectat*, die Abwechslung erfreut. Er warf mir mehrmals vor, dass ich wie ein Klammeraffe an ihm hinge und dass ich prüde sei und dass ich doch ruhig mal mit anderen Männern schlafen sollte. Das war das Aus für unsere Beziehung. Er war doch nicht eifersüchtig! Er bestand übrigens nur noch aus solchen Parolen und Sprüchen. Das ist wirklich alles sehr rätselhaft. Vielleicht war Michaels Eifersucht gespielt? Wer war Michaels angeblicher Nachfolger, also Babettes neuer Freund?«

»Oder vielleicht war Michaels Eifersucht doch echt und er hat Babette deshalb getötet! Vorsätzlich.«

»Glaubst du, dass Babette, falls sie wirklich in den Einbruch und den Diebstahl der Bilder eingeweiht war, den armen Oscar vergiftet hat?«

»Auch das ist eine Möglichkeit.«

»Ein schrecklicher Gedanke.«

»Anna, ich denke, wir sollten uns einmal Babettes Studentenbude anschauen. Sie ist zwar versiegelt, aber ich rufe schnell Alfred an. Er wird uns erlauben, in ihren Sachen zu suchen. Ich habe das unbestimmte Gefühl, da könnte was zu finden sein.«

»Ich habe noch Babettes Schlüssel. Sie gab mir mal einen Zweitschlüssel, den ich dem Vermieter noch nicht zurückgegeben habe. Das kann ich dann gleich tun bei der Gelegenheit.«

Eine Stunde später waren Anna und Gontard in Babettes Zimmer in der Märzgasse.

Sie brauchten nicht lange zu suchen. Es gab hier kein Propagandamaterial. An den Wänden hingen Poster von einigen Rockstars und ein Foto von Liz Taylor als Kleopatra.

Kein extremistisches Propagandamaterial gab es hier, keine Waffen, dafür aber das Arsenal einer kleinen Diebin.

Im Schrank zwischen den Kleidern der Toten hing eine Art riesiger Wäschesack mit den Initialen BB, Babette Basler, wahrscheinlich von ihr selbst in fleißigen Handarbeitsstunden mit Kreuzstichen bestickt. In diesem brav bestickten Wäschesack fanden sich Puderdosen, Lippenstifte, teures Parfüm, Luxusunterwäsche, alles unbenutzt und noch originalverpackt, Mieder in großen Größen, bestimmt nicht zum Tragen gedacht, schon gar nicht von Babette, die, dem Zeitgeist entsprechend, nie einen BH getragen hatte.

Kleinere Bilderrähmchen, gleich zwei identische Bürolämpchen in modischem Orange, Füller und Kugelschreiber der edleren Art, eine Herrenarmbanduhr, zwei Ringe und anderer Kleinkram, mehr oder weniger wertvoll, und zu Annas allergrößtem Erstaunen silberne Löffelchen mit dem verschnörkelten Monogramm KC, Klara Catoir, Tante Klaras Mädchenname. Und darunter lag die verschwundene Granatbrosche der Tante.

Babette war offensichtlich eine ganz gewöhnliche kleine Diebin gewesen.

»Arme Babette«, sagte Anna nur.

»Du siehst es so?«

»Ja, ich sehe es so. Sie war doch auch so eine Art Privatrevoluzzer wie ich, nur anders.«

»Es ehrt dich, dass du es so siehst. Ob sie ein Tagebuch hatte? Vielleicht sollten wir noch weitersuchen.«

Eigentlich war Babette nicht der Typ Mädchen, das ein Tagebuch führt, dachte Anna, doch sie sagte es nicht laut. Friedrich würde ihr vorwerfen, Vorurteile zu haben. Die Suche lohnte sich aber doch.

Etwa eine Viertelstunde später fand Anna das Tagebuch. Es war ein Büchlein aus den Fünfzigerjahren. Ein Petticoat-Pferdeschwanz-Mädchen war auf dem Cover abgebildet, eine Zeichnung in den typischen Pastellfarben. Der lieben Babette zur Konfirmation von ihrer Patentante Erika. Palmsonntag 1958.

Anna steckte es in ihre Tasche.

Da musste Friedrich Gontard allerdings einschreiten.

»Anna, das ist Unterschlagung von Beweismaterial. Du kannst das Tagebuch nicht einfach so mitnehmen.«

»Darf ich es nicht daheim in Ruhe lesen? Wir können es doch dann zurücklegen. Es muss keiner etwas davon merken. Bitte.«

Friedrich Gontard zögerte, doch als er Annas flehende Rehaugenblicke sah, fiel ihm das Neinsagen schwer.

»Du bringst mich noch in Teufels Küche.« Und gespielt ärgerlich fügte er hinzu: »Verflixtes Verliebtsein.«

»Du bist der netteste Bulle, den ich kenne«, konterte Anna. »Du bist allerdings auch der einzige Bulle, den ich kenne.«

Sie sah sich noch einmal in Babettes Zimmer um und rief: »Guck mal, auch so ein hässlicher Flokatiteppich. Ich kann die zerzausten Dinger nicht leiden. Michael hatte auch so eine Hässlichkeit von Teppich, nur größer.«

»Komisch, den habe ich aber nicht gesehen, als ich mit Alfred und seinen Leuten in Weinbauers Wohnung war«, sagte Gontard erstaunt. »Da müsste man mal dranbleiben. Ein großer Teppich, sagtest du?«

»Ja.«

Als Gontard die Tür zu Babettes Zimmer abschloss, meinte Anna: »Warum haben deine Heidelberger Kollegen hier nichts durchsucht?«

»Babette war ein Opfer, kein Täter, weswegen hätte man sie verdächtigen sollen?«

»Meinst du das ernst, war sie wirklich nur ein Opfer?«

Sie gingen schweigend zu Gontards Auto zurück.

In die Stille hinein sagte Friedrich Gontard: »Ist es nicht komisch, dass Babette ein Tagebuch geführt hat? Deiner Beschreibung nach war sie doch gar nicht der Typ der Tagebuchschreiberin. Die war doch eher extrovertiert, wenn ich das richtig sehe.«

Da musste Anna innerlich lächeln. Sie blieb neben Gontard im Auto sitzen, ohne ein einziges Wort zu sagen.

9. KAPITEL

Babettes Tagebuch

Friedrich Gontard fuhr Anna in die Bergstraße. Er selbst musste in sein Büro nach Ludwigshafen zurück, wo ihn wichtige Aufgaben erwarteten. Der Heidelberger Fall nahm ihn zu sehr gefangen.

Im Schifferstädter Mordfall war überraschend ein Zeuge aufgetaucht, der verhört werden sollte.

Der Heidelberger Fall, besser die Fälle, gehörten ja nicht zu seinem eigentlichen Ressort. Auch die Pfälzer hatten ihre Kriminalfälle zu lösen, doch konzentrierte sich Gontards kriminalistisches Interesse momentan eher auf die rechtsrheinischen als auf die linksrheinischen Tatorte. Er war mit einem Stundenkontingent abgeordnet, das er versuchte, nicht zu überschreiten, aber seine Gedanken wanderten immer wieder nach Heidelberg hinüber, auch wenn er in seinem Ludwigshafener Büro arbeitete. So ist es, wenn die Liebe der Pflicht in die Quere kommt, sagte er sich zur eigenen Rechtfertigung.

»Ich werde gleich Babettes Tagebuch lesen«, verabschiedete sich Anna. Und sie wollte noch wissen: »Treffen wir uns heute Abend?«

»Ja, ich denke am späten Abend. Ich melde mich.«

Anna machte sich einen Tee und rückte sich ihren gemütlichen Sessel ans Fenster. Die Vermieterin, Frau Kohl, war wieder am Pflanzenbeschneiden, aber heute musste Anna nicht den Atem anhalten. Was das Tagebuch wohl offenbaren würde? Anna hatte ein schlechtes Gewissen, in der Vergangenheit einer Toten herumzuschnüffeln. Das hatte etwas ausgesprochen Voyeuristisches, und sie kam sich vor wie ein Leichenfledderer.

Der erste Tagebucheintrag begann im Mai 1958, also kurz nachdem Babette das Büchlein geschenkt bekommen hatte. Von ganz harmlosen Dingen konnte man da lesen. Streiche, die Babette und ihre Freundin allen möglichen Leuten gespielt hatten. Dann ein geheimnistuerischer Eintrag über den ersten Liebesbrief, über ein Amulett mit Herzchen und das Foto von einem gewissen R., dann der erste Kuss und der erste Liebeskummer. Dazwischen immer wieder Berichte über den Schulalltag, Schulfreundinnen und ihre Marotten, über Zänkereien und Versöhnungen, über beliebte und unbeliebte Lehrer.

Ein neuer Freund, diesmal ein G., tauchte am Horizont auf, viele Abkürzungen, die wohl daher kamen, dass die Heimlichkeiten häufiger wurden und Babettes Liebesleben intensiver und dass sich »Verbotenes« abspielte.

Dann eine lange Pause von mindestens zwei Jahren und der Eintrag: *Ob es an mir liegt, dass ich mich von allen Männern ausgenützt fühle?*

Kurz danach: *Mein erster Klau. Ich war wie im Rausch. Woolworth wird nicht ärmer durch mich, ich fiebere schon dem nächsten Klau entgegen. Den Kapitalisten nimmt man nichts weg, was sie nicht auch schon anderen weggenommen haben.*

Die Kleptomanie Babettes, sie hatte angefangen, als sie so ungefähr achtzehn war, also im Jahr 1962. Babette war einige Semester unter Anna gewesen, erst zweiundzwanzig Jahre alt. Am 22. November 1963 schrieb Babette: *Nun bin ich im zweiten Semester Germanistik und Englisch. Tolle Stadt, Heidelberg, aber die Kommilitonen sind alle so fade. Die Männer sind hier nicht besser als in der dummen Heilbronner Provinz. Die sind auch nur auf das Eine aus. Die Linken sind die Schlimmsten. Sie nützen die sexuelle Revolution (was ist das überhaupt, ich merke nichts davon) für ihre egoistischen Zwecke aus und benutzen uns genauso, wie ihre Väter ihre Ehefrauen benutzt haben. Sie sind genau die gleichen Machos wie die Rechten. Von denen erwartet man nichts Besseres, aber liberal tun und konservativ handeln, das ist die reine Heuchelei! Machos und Paschas! Wenn es nicht die schönen Geschäfte gäbe in Heidelberg!*

Es folgten nun lange Listen mit minutiöser Aufzählung von Babettes Diebeszügen. Sie musste doch einiges von der Beute veräußert haben, sonst hätten ihre Schubladen und Schränke überquellen müssen. Oder hatte sie alles nach Heilbronn geschafft, in ihr ehemaliges Mädchenzimmer?

Zwischendurch beschrieb Babette teils kritisch, teils mokant die eine oder andere Party. Sie hatte Babette gar nicht gekannt, musste Anna tief beschämt beim Lesen zugeben. Babette war ganz anders, als sie vorgab zu sein. Hinter der dicken Schminke hatte sie sich gut versteckt.

Eine lange Pause. Dann 1965 im Sommer eine Eintragung, dass sie einen M. W. kennen gelernt hatte. Michael Weinbauer. Zuerst euphorische Beschreibungen der Liebeszeit, dann erste leise Klagen über seine »Promiskuität«.

Sie schrieb: *Er lebt voll den Zeitgeist aus, dauernd eine andere.*

Plötzlich sah Anna ihren eigenen Namen auf dem Papier: *Michael erzählte mir von seiner Ex, Anna. Er nennt sie nur »die trübe Tasse«.* Anna hatte Tränen in den Augen und wollte nicht weiterlesen, aber die Neugier siegte. Dann zunächst nichts mehr von ihr, Anna, aber vermehrtes Klagen über M. W., über *seine fanatische Art, die mir Angst macht,* dann der Schock: *M. möchte mich auf Anna ansetzen wegen der Villa, wegen der Sachen dort, die man stehlen kann. Stehlen, um Geld zu beschaffen für seine Sache und für den Klassenkampf. Er hat etwas vor, ich fürchte sogar, etwas im Alleingang. Er trifft sich nicht mit Leuten, das weiß ich, zumindest ist er nicht organisiert, wenn er auch sagt, er gehöre einer kommunistischen Gruppe an. Wie kann er die kommunistischen Machthaber anbeten, die sind doch meistens machtgierige Diktatoren, die über Leichen gehen, das sieht man an der DDR und an Russland, aber Michael lobt die kommunistischen Systeme über den grünen Klee. Ich kann die Kapitalisten auch nicht leiden, aber bei den kommunistischen Machthabern hört bei mir der Kommunismus auf. Er will nichts wissen von meiner Kritik und sagt, ich habe keine Ahnung von Politik. Ich habe mich gewehrt und gesträubt, mitzumachen bei dem, was er da plant, aber er hat mich erpresst wegen meiner Klau-Orgien, wie er es nannte. Er hat mich einmal heimlich beobachtet und weiß alles. Damit hat er mich in der Hand. Morgen werde ich Kontakt aufnehmen mit der trüben Tasse. Ich habe keine andere Wahl.*

Nun musste Anna mit dem Lesen aufhören. Wie hatte sie sich so reinlegen lassen können? Nach einer langen Pause nahm sie die unerfreuliche Lektüre wieder auf. Schlimmer konnte es nicht kommen, oder doch?

Und Anna las von ihrer eigenen Schande, nämlich ihrer Leichtgläubigkeit, ihrer Naivität und ihrer Arglosigkeit. M. Ws und Babettes Spötteleien über die »trübe Tasse«, ihre Lästereien über die Kapitalistin in ihrer altmodischen Villa, nämlich Großtante Klara, ihr Triumphieren über den Plan, der schon geschmiedet war: der Einbruch.

Die Information vom März 1966: *Wir trennen uns zum Schein. Es ist besser, wenn man uns vorläufig nicht mehr zusammen sieht. Der Angelika, dem anderen Pfarrerstöchterlein, werde ich bei gegebener Zeit diesen Bären aufbinden. Es war schon dumm genug, dass Angelika uns zusammen gesehen hat, Michael und mich. Sie wird es garantiert der Anna weitersagen. Höchste Zeit, dass sie von unserer »Trennung« erfährt.«*

Also hat die arme Angelika auch ihre Rolle spielen müssen, ohne etwas zu ahnen, dachte Anna, während sie las. *Man wird uns nicht mehr zusammen in Verbindung bringen, zumindest nicht für den Einbruch, und Anna wird nicht erfahren, dass ich auf sie an-*

gesetzt war durch Michael. Und wenn doch? Ich werde sie davon überzeugen, dass ich eine richtige Freundin bin und ihr nichts von Michael und mir gesagt habe, um ihre Gefühle zu schonen.

Ein ganz klein gekritzelter Eintrag, von Anna nur mühsam zu entziffern, besagte: *Treffen mit H. W., 20 Uhr 30.* Annas Neugier war geweckt. Wer war H. W.?

Dann plötzlich ein ganz anderer Eintrag, einer der letzten vor Babettes Tod, genau drei Tage davor: *Ich mache da nicht mit. Ich steige aus, Erpressung hin, Erpressung her. Ich soll den Oscar vergiften. Das Schlüsselnachmachen war in Ordnung und alles andere, das Ausspionieren und so, aber den Hund umbringen, niemals. Lieber die Tante als den Hund. Liebes Tagebuch, bis morgen.*

Anna war beim letzten Eintrag angekommen. Es war der Vorabend von Babettes Tod.

Morgen helfe ich beim Villasitten. Ich glaube nicht, dass Michael alleine, ohne meine Hilfe, die Sache durchzieht. Er hat keinen richtig guten Freund, zumindest weiß ich von keinem. Das müsste schon ein heimlicher Freund sein. Er redet ab und zu mal mit diesem und jenem, aber das sind keine Freunde. Zumindest tat er resigniert und ging achselzuckend weg, als ich ihm heute kurz sagte, er könne auf keinen Fall mit mir rechnen. Ich habe ihn nun ja auch in der Hand. Ich weiß viel zu viel über seinen politischen Kreuzzug gegen das Establishment, wie er das nennt, der Fanatiker.

Anna klappte das Büchlein zu und legte es in ihre Schreibtischschublade. Sie würde es Friedrich mitbringen, wenn sie sich am späten Abend träfen. Er hatte recht gehabt. Es würde nie genau zu erfahren sein, ob Babette von Michael Weinbauer die Treppe herabgestoßen worden oder ob sie einfach so ausgerutscht war.

10. KAPITEL

Annas Burg

Am späten Abend klingelte es bei Anna an der Tür. Frau Kohl, die Vermieterin, diesmal ohne Heckenschere, steckte neugierig den Kopf aus ihrer Wohnungstür gegenüber und zog sich schnell wieder zurück, nachdem sie von Friedrich Gontard höflich gegrüßt worden war. Im Hintergrund ertönte irgendeines dieser deutschen Lieder aus dem Hausfrauenprogramm. Die Sängerin Gitte verkündete gerade, sie wolle 'nen Cowboy als Mann. Ob das auch Frau Kohls sehnlichster Herzenswunsch war?

Wie der Kuckuck in seiner Kuckucksuhr, dachte Gontard amüsiert, als sie in ihrem Biberbau verschwand. Neben Frau Kohls Wohnungstür war ein Schild mit einem spitzohrigen, grimmig dreinblickenden Hund angebracht. *Hier wache ich*, stand darauf. Von Anna wusste Gontard aber, dass kein Rottweiler, Dobermann oder Schäferhund Frau Kohl bewachte, noch nicht mal ein Dackelchen, denn »Hunde fusseln« war ihr Wahlspruch. Alles nur Bluff.

»Ich muss ein bisschen an die frische Luft. Ich ersticke sonst nach allem, was ich in dem Tagebuch gelesen habe«, sagte Anna.

»Das ist mir gerade recht, den Büromief vom Kommissariat möchte ich auch gerne loswerden. Ein schrecklicher Tag.«

»Der Philosophenweg ist nicht weit. Wir sind ihn noch nicht zusammen gegangen ...«

»Und der Philosophenweg ist doch ein Muss für Liebespaare. Dabei habe ich mein Herz nicht in Heidelberg, sondern in Mannheim verloren.«

»Man muss ja auch nicht jeden Kitsch mitmachen, oder?«, meinte Anna süffisant und wurde gleich darauf ernst.

»Ich erzähle dir beim Spazierengehen ganz einfach alles, was in Babettes Tagebuch steht. Später gebe ich dir das ... Pamphlet ... mit zum Selberlesen.«

»Pamphlet? So schlimm ist es?«

»So schlimm. Und wenig schmeichelhaft für mich. Vielleicht sollte ich dir das alles verheimlichen, weil du sonst aufhören könntest, mich zu mögen. Ich spiele eine sehr lächerliche Rolle in diesem Tagebuch. Lass uns aber erst noch einen kleinen Schlenker in die Brückenstraße machen und schauen, was in der *Kamera* gegeben wird. Das ist ja gerade um die Ecke«, schlug sie vor.

Eine lange Schlange wartete vor dem Programmkino. Sie schauten sich die Schaukästen mit den Vorankündigungen an, doch plötzlich fuhr Anna erschrocken zurück. »Babette«, stammelte sie, aber das Gesicht mit den schwarz geschminkten Augen gehörte Liz Taylor.

»Ich sehe schon Gespenster«, sagte Anna lakonisch. Sie hatte sich wieder gefasst.

Sie gingen Hand in Hand den steil ansteigenden Philosophenweg hoch. Anna berichtete Friedrich Gontard ausführlich über den Inhalt von Babettes Tagebuch. Sie redete und redete. Sie schonte sich nicht.

Als sie zu Ende erzählt hatte, blieb sie stehen und fragte unvermittelt: »Hättest du Lust, am Samstag mit mir zu meinen Eltern in die Pfalz zu fahren? Ins Alsenztal? Da könntest du vielleicht mal zu Michael Weinbauers Eltern gehen. Halb beruflich, halb privat wäre dieser Pfalzausflug. Kennst du die nördliche Pfalz?«

»Nein, nur alles um Ludwigshafen natürlich und die Westpfalz um Kaiserslautern und Landstuhl, Ramstein und Kusel.« Und ein wenig die Südpfalz, dachte er, sagte es aber nicht laut.

»Kommst du mit nach Thalkirchen? Es würde mir auch eine Bahnfahrt ersparen. Wozu hat man einen Freund mit einem VW Käfer?«

»Jetzt wird mir klar, warum du mich geangelt hast.«

Sie setzten sich auf eine Bank und schauten lange, lange über das nächtlich daliegende Heidelberg.

»Wer hier oben wohl schon alles gewesen ist an Berühmtheiten?«, sinnierte Anna.

»Mark Twain, William Turner, Victor von Scheffel, Hölderlin, Eichendorff ... und wir beiden Unberühmten.«

»Dafür sind wir lebendig. Was brauchen wir den Ruhm?«

»Gegen deine Philosophenweg-Philosophie ist nichts einzuwenden«, sagte Friedrich Gontard, und Hand in Hand gingen sie zurück, an duftenden Frühlingsgärten vorbei.

Am Samstagmorgen fuhren Anna und Friedrich Gontard zuerst in Richtung Kaiserslautern und dann nach Norden in das Dörfchen im Donnersberggebiet.

Gontard war ganz überrascht von der rauen Schönheit der Landschaft. Selten kam ihnen ein Fahrzeug entgegen, Hügel, Berge, Wiesen wechselten sich ab, dann und wann fuhren sie an einer Mühle vorbei, an einem größeren einsamen Gehöft oder Weiler. Schlüsselblumen blühten dicht an dicht, wie Gontard sie noch nie zuvor gesehen hatte. Die Gebäude waren aus Buntsandstein, erfreulich selten gab es einen Neubau aus Beton und Glasbausteinen.

»Hinterwäldlerisch. Rückständig. Da ist der Hund begraben«, hörte er die Stadtmenschen raunen. Er dagegen genoss die herbe Schönheit dieser einsamen Landschaft und ihre Unberührtheit.

»Eine andere Welt als die Heidelberger und die Ludwigshafener, gell? Aber ich liebe sie«, sagte Anna, Gontard von der Seite anblickend, halb amüsiert und halb erfreut darüber, dass er ihre Heimat mochte. So gern Anna in dem wuseligen Heidelberg wohnte, so gern kam sie nach Hause, wie sie es immer noch nannte.

»Du wirst eine Burg erleben«, warnte sie.

»Ich kann mir das Ritterfräulein Anna gut vorstellen«, scherzte Friedrich Gontard. »Übrigens, hast du deine Eltern vorgewarnt, dass dein Ritter Friederich ein alter Knacker ist?«

»Natürlich. Sie wissen von meinem rostigen Prinz Eisenherz.«

Anna sah die Landschaft an sich vorüberziehen.

»Es ist nicht mehr weit.«

Ihr Blick wurde versonnen, und sie sagte wehmütig: »Schau, dort drüben auf dem Hügel auf der Waldwiese, da haben wir immer die bunten Ostereier gerollt, als wir Kinder waren. Meine Freunde, die drei netten Nachbarsbuben vom Bauernhof oberhalb vom Pfarrhaus, und natürlich Michael. Du glaubst nicht, wie nett der war. Ein ganz Lieber. Einmal hat er mir ein Kätzchen geschenkt. Und er hat mich immer beschützt und verteidigt. Es gab da diese Szene, wo meine Mutter mich zu Unrecht geschimpft hat. Es war ein Missverständnis, aber Michael hatte diesen ausgeprägten Sinn für Gerechtigkeit. Er ist wie eine Furie auf meine Mutter losgegangen und hat sie mit seinen kleinen Fäusten traktiert. ›Du Lumpentier‹, hat er geschrien, und das klang so ulkig, dass alle lachen mussten, auch meine Mutter und ich. Da ist Michael wütend weggerannt und hat die Welt nicht mehr verstanden. Und er hat eine Woche lang kein Wort mehr mit mir gesprochen, weil ich mitgelacht habe, wo er mich doch beschützen wollte.«

Anna fing auf einmal an zu schluchzen. Hier in Thalkirchen erschien ihr Michaels Tod realer als in der Stadt, wo ihre Freundschaft zu Ende gegangen war. Aber sie fasste sich.

»Da oben liegt sie, meine Burg«, rief sie aus. »Gegenüber der Kirche.«

Sie waren angekommen. Die hübsche weiße Kirche mit dem Barockturm lag auf einer Anhöhe. Rechts gegenüber erhob sich ein majestätischer Bau, ein großbürgerliches Haus, umgeben von Hof und Garten, der hinter dem Gebäude hügelig anstieg.

»Ein richtiges Pfälzer Pfarrhaus«, sagte Anna. »Sie sind alle irgendwie gleich, wo du auch hinkommst. Außen und innen. Prächtig außen, kalt innen. Die Romantik hat ihren Preis. Das sagt meine Mutter immer, und die muss es wissen, denn sie muss die Burg heizen, mit Erna zusammen. Mit Kohle und Eierbriketts und neuerdings mit Öl.«

»Mit Erna?«

»Erna ist unser Dienstmädchen.«

»Aha. Euer Dienstmädchen. Im Jahr 1966. Wohnt sie etwa in der Gesindekammer und benutzt den Dienstboteneingang?«

So frotzelte Gontard, bis sie an der Eingangstür angekommen waren.

Er blickte sich im Hof um. Kopfsteinpflaster. Stallungen ringsum, die offensichtlich nicht mehr benutzt wurden. Hohe Fenster, grüne Fensterläden, ein hohes Dach, gewiss hohe Räume im Inneren.

Die Tür wurde geöffnet, Annas Eltern breiteten weit die Arme aus und drückten ihre Tochter ganz, ganz fest an sich. Sie freuten sich, sie wohlbehalten wiederzusehen, nach allem, was geschehen war.

Friedrich Gontard hatte sich Annas Vater nicht so alt vorgestellt. Oder so altväterlich. Er trug einen weißen Bart, einen Rauschebart wie Petrus oder der Nikolaus. Vielleicht ließ ihn das älter aussehen, als er war.

Annas Mutter sah ein wenig französisch aus, fand Gontard. Das volle, fast schwarze gewellte Haar, modisch toupiert, war von einigen grauen Strähnen durchzogen, was ihr ein interessantes Aussehen verlieh.

Nun fiel ihm ein, dass Anna ihm gesagt hatte, in ihren Adern flösse französisches Blut, worauf sie stolz sei. Von der Mutter her, die eine geborene Raquet war. Raquet von der einen Seite, Catoir von der anderen Seite, das war die Verbindung zu Großtante Klara, die Dürkheimer Linie. Also jede Menge französisches Blut, Hugenottenblut.

»Willkommen in Thalkirchen«, sagte Annas Vater. Er hatte eine ruhige und bedächtige Art zu reden. Seine Frau hingegen war quirlig und temperamentvoll. Sie führte das Paar ins Wohnzimmer, wo schon ein hübscher Kaffeetisch gedeckt war.

Anna sagte: »Wollen wir uns nicht setzen? Ich habe einen Bärenhunger.«

Die anfangs etwas steife Kaffeerunde lockerte sich bald etwas.

Es gab Gesprächsstoff, wenn auch keinen erfreulichen. Man sprach über die schrecklichen Heidelberger Vorfälle, den Einbruch in die Villa der Großtante, Babettes Tod und den Mord an Michael.

Anna und Gontard hatten während der Fahrt beschlossen, die Informationen, die ihnen das Tagebuch geliefert hatte, in Thalkirchen für sich zu behalten. Ihr Schlachtplan sah auch nicht vor, den Waffenfund in Michaels Studentenbude zu offenbaren oder das aufgeschlitzte Gemälde zu erwähnen. Die Reporter würden früh genug über Thalkirchen und vor allem über die arme Familie Weinbauer herfallen, wenn die politische Dimension des Falls bekannt würde.

Michael, ein Umstürzler, ein Fantast, der die Demokratie hatte bekämpfen wollen? Dass er, wie es aussah, im Alleingang hatte tätig werden wollen, das würde der Öffentlichkeit egal sein. Früh genug würde es mit der Thalkircher Ruhe vorbei sein. Nein, kein unnötiges Wort, das hatten sie sich fest geschworen.

»Michael wird in Heidelberg beerdigt, hörte ich«, sagte Annas Vater. »Das ist auch besser so. Was hätte ich auch sagen sollen bei der Beerdigung? Michael hatte sich so verändert. Sein plötzlicher Hass gegen die ›Pfaffen‹, dabei ging er ein und aus bei uns, er war doch fast wie ein Sohn, stimmt's, Katharina?«

Annas Mutter nickte.

»Ja, auf so traurige Weise hat er sich verändert. Er kam auch selten nach Thalkirchen in den letzten Jahren. Da war aber diese komische, nein, groteske Szene, als er letztes Mal hier war. Das weißt du noch gar nicht, Anna. Es war, glaube ich, im vergangenen

Herbst, im Oktober. Er kam urplötzlich und überraschend mitten in der Woche und stand daheim vor verschlossener Tür, weil seine Mutter mir mit ein paar anderen Frauen vom Dorf beim Paketepacken half für die DDR. Seit die Mauer gebaut ist, geht es den Leuten dort drüben noch schlechter als zuvor. Wir haben ja diese Patengemeinde, Köthen in Sachsen-Anhalt, und wir haben gerade Lebensmittel, Seidenstrümpfe, Waschpulver und all die Sachen, die es drüben kaum gibt, zusammengepackt, als die Tür aufgerissen wurde und Michael hereinplatzte. ›Du packst keine Päckchen für die DDR, Mutter‹, sagte er in einem schrecklichen Befehlston und ganz wütend. ›Die brauchen unseren Kapitalistenkram nicht, und die wollen den ganzen Plunder auch nicht. Die sind gerade beim Aufbau eines Musterstaats und vorübergehend nicht so stinkend reich wie wir hier, im Wirtschaftswunderland, aber ihr werdet alle sehen, bald werden die uns die Päckchen schicken. Denn bei uns im Land der Kapitalisten und Revanchisten und Faschisten geht es vielen dreckiger als jedem Einzelnen unserer Genossen in der DDR.‹ Und er zerrte seine Mutter, die vor Scham fast in den Erdboden versunken wäre, aus dem Raum.«

»Ich kam dazu«, sagte Annas Vater. »Ich konnte es mir nicht verkneifen zu sagen, dass ein Staat, der seine Bürger hinter einer Mauer einsperrt und Flüchtlinge erschießt, kein besonders vorbildliches Staatswesen sei für meinen Begriff. Michael wurde hochrot und gab zur Antwort, die verdienten es nicht besser, wenn sie sich vor dem Aufbau einer besseren Gesellschaft drückten und in den Westen rennten zu den Fleischtöpfen und den Colaflaschen, dann schrie er mir ›Pfaffe‹ ins Gesicht und knallte die Tür zu. Seine Mutter entschuldigte sich am nächsten Tag für ihren Sohn. Er sei in Heidelberg in komische Kreise geraten, erklärte sie. Komische Kreise!«

»Frau Weinbauer hat mir dann noch erzählt«, ließ sich Annas Mutter vernehmen, »dass Michael eigentlich nur gekommen war, um mit Herrn Barnheimer zu reden und um etwas aus seinem Zimmer zu holen. Ich wunderte mich, denn wenn einer dem Feindbild eines ultralinken Studenten entspricht, dann ist es doch Herr Barnheimer.«

»Wer ist dieser Herr Barnheimer?«, wollte Gontard wissen.

Annas Vater erklärte: »Das ist der Krösus von Thalkirchen. Ihm gehört das halbe Dorf. Aber er ist ein umgänglicher Mann und außerdem unser größter Geldgeber. Unser Kirchenmäzen. Ein großzügiger Sponsor für die bettelarmen Kirchenmäuse der Gemeinde Thalkirchen. Er hat gerade unsere Orgel renovieren lassen. Außerdem hat er Esprit und ist gebildet und sehr kunstsinnig. Was Michael mit Herrn Barnheimer zu schaffen hatte, das ist mir ein Rätsel. Ein wirkliches Rätsel.«

Annas Vater schloss seine lange Rede und strich sich nachdenklich den Nikolaus-Rauschebart.

»Da fällt mir noch etwas ein«, fügte er hinzu. »Was mir Michaels Vater neulich sagte: Michael habe ihm verbieten wollen, die Orgel zu spielen, er solle endlich aufhören, so ein verdammter Pfaffendiener zu sein. Herr Weinbauer machte sich große Sorgen um seinen Sohn, und er hat keine Gespenster gesehen, wie sich nun auf so schreckliche Weise herausgestellt hat. Weiß man schon, aus welchem Motiv heraus Michael umgebracht wurde?«

»Nein, meine Heidelberger Kollegen rätseln noch«, antwortete Friedrich Gontard. »Die Ermittlungen sind noch am Anfang.«

Das war keineswegs gelogen, aber das Gespräch ging in bedenkliche Richtungen, darum war er froh, als Annas Mutter einen guten Vorschlag machte. »Dann reden wir doch von erfreulicheren Dingen«, schlug die praktische Pfarrfrau vor. »Es gibt angenehmere Themen. Oder wie wäre es mit einem kleinen Rundgang durchs Haus und durch den Garten? Da fängt es langsam an, zu blühen.«

Alle atmeten auf. Friedrich Gontard war froh und erleichtert, dass endlich von Michael Weinbauer abgelenkt wurde. So wussten die Eltern Annas lediglich, dass Unbekannte in Tante Klaras Villa eingebrochen waren, zwei Gemälde unbestimmten Wertes gestohlen hatten, und dass sie von Annas Freundin überrascht worden waren, die dabei zu Tode stürzte. Nicht auszudenken, wenn Anna die Täter überrascht hätte. Dann hatte es – welch ein Zufall – noch einen Toten in Annas Umkreis gegeben, den ehemaligen Freund Michael Weinbauer, wobei das Motiv im zweiten Fall unklar war. Wer hatte den jungen Mann ermordet? So viel stand fest: Ein Unfall oder ein Selbstmord war auszuschließen, was den Tod des Studenten betraf.

Der Rundgang durch das Haus und den Garten war richtig wohltuend. Zwar gab es keine Antiquitäten und wertvollen Gegenstände hier wie in der Villa der reichen Tante in Heidelberg, sondern eher gediegene Möbel der Gründerzeit mit gedrechselten Säulen, eine Regulatorenstanduhr, massive Konsolen, alles in dunklem Holz und für Gontards Geschmack etwas zu düster. Keine wertvollen Gemälde, dafür Drucke alter Meister, Aquarelle, von Anna gemalt, dem Kind und der Schülerin Anna. Sie war die Künstlerische in der Familie. Da hatte es in der Ahnenreihe sogar jenen berühmten deutsch-englischen Maler um 1700, Sir Godfrey Kneller, und später um 1900 einen Bildhauer gegeben, Oskar Kneller aus der Westpfalz, der mit 22 Jahren an der Somme fiel. Vielleicht war ein künstlerisches Gen in verwässerter Form bei Anna hängen geblieben. Das hatte sie selbst einmal so gesagt, nicht ohne Stolz. Irgendwann würde sie auch wieder malen, doch das Studium ließ ihr vor lauter Theorie nicht mehr die Zeit für Kreatives.

Der Garten lag wunderhübsch am Hang, die Blumen waren noch nicht so weit aufgeblüht wie in Heidelberg, wo das milde Klima für frühe Blütenprachtentfaltung sorgte. Hier in der nördlichen Pfalz wehte ein rauerer Wind.

»Auch die Menschen sind hier wortkarg«, hatte Anna angedeutet, als wolle sie Gontard vorwarnen vor einem exotischen anderen Menschenschlag.

»Siehst du das krumme Etwas da, Friedrich?«, rief Anna, als sie immer höher hinaufstiegen, den Gartenweg entlang. »Das ist Papas Bienenhaus. Selbstgebaut.«

Es war wirklich ein schiefes Bauwerk, das Bienenhaus.

»Ich kann besser predigen als mauern«, gab Annas Vater zu. »Das ist wahr. Aber apropos predigen. Entschuldigen Sie mich bitte, Herr Gontard. Morgen ist Sonntag. Ich muss noch ein bisschen studieren und an dem Predigttext feilen.«

Er verabschiedete sich, der ernste Mann, und der Rundgang durch den Garten wurde fortgesetzt.

Von hier oben konnte man das ganze Dorf überschauen.

»Sieht man von hier aus das Haus der Familie Weinbauer?«, fragte Gontard.

Einmal Kommissar, immer Kommissar. Er war doch froh gewesen über die Ablenkung, warum fing er nun schon wieder an mit dem Ermitteln?

»Ja, dort unten, nicht weit von uns, das hübsche hellgelbe Haus mit der Loggia und dem weißen Gartenzaun.«

Ein Bürgerhaus aus den Zwanziger- oder Dreißigerjahren, dachte Gontard, ein richtiges Lehrerhaus, gepflegt und geschmackvoll mit einem liebevoll angelegten Garten.

»Und wo wohnt dieser Krösus von Thalkirchen?«

Friedrich Gontard bemühte sich, seiner Stimme einen beiläufigen Ton zu verleihen. Seit der Name am Kaffeetisch erwähnt worden war, beschäftigte ihn insgeheim diese Person.

»Herrn Barnheimers Haus – seine Villa – können Sie sehen, wenn wir noch etwas weiter nach oben gehen, am gegenüberliegenden Hang.«

Als sie oben angekommen waren, gab es eine Überraschung.

Friedrich Gontard hätte nicht im Traum mit einer solchen Villa hier in diesem Dörfchen gerechnet. Eine Art-déco-Villa, kunstvoll mit den runden, harmonischen Stilelementen jener Epoche, den klaren Linien und ausgewogenen Proportionen. In Heidelberg wäre die Villa nicht weiter aufgefallen, doch hier verblüffte sie das Auge.

»Wie alt ist Herr Barnheimer?«

»Oh, er ist um die siebzig, denke ich«, sagte Annas Mutter.

»Er scheint ein interessanter Mensch zu sein?«

»Ja, das ist er. Er ist viel gereist. Nach Frankreich, Belgien und Holland zumeist. Einmal im Jahr sind wir bei ihm eingeladen, zu seinem Geburtstag Anfang Juni. Das ist nun bald. Ich freue mich schon darauf. Sein Haus ist wie ein Museum, Sie machen sich keine Vorstellung davon.«

Friedrich Gontard musste sich die Frage nach den Gemälden im Hause Barnheimer verkneifen. Die Zeit würde für ihn arbeiten. Die Gelegenheit würde sich bieten, Herrn Barnheimer kennen zu lernen. Spätestens Anfang Juni? Wenn er vielleicht auch zu den Gästen der Geburtstagsfeier gehören würde? Man würde sehen.

Auf einmal rief Annas Mutter aus: »Jetzt hätte ich's doch beinahe vergessen. Ich muss noch die Fensterläden ganz fest zumachen und das Gartentürchen sichern. Heute Nacht kommen die Hexen.«

»Sie sind abergläubisch?«, fragte Friedrich Gontard. »Sie glauben an Hexen?«

Es fiel ihm schwer, seine Verwunderung zu verbergen.

»Walpurgisnacht! Hexennacht!«, erklärte Anna dem verdutzten Stadtmenschen. »In der Pfalz ist die Hexennacht, die Nacht zum ersten Mai, eine große Angelegenheit. Die Hexen, das sind die jungen Männer vom Dorf. Die Mädchen kriegen von ihren Verehrern Maibäumchen vor die Fenster gestellt ...«

»... und die Älteren kriegen die Fensterläden ausgehängt und Schlimmeres«, unterbrach Annas Mutter. »Letztes Jahr mussten wir das Gartentürchen suchen. Sie hatten es bis zur Alsenz hinuntergeschleppt ...«

»Also keine Burg, sondern ein Gespensterschloss?«, sagte Gontard zu Anna.

»Zumindest in der Hexennacht, ja.«

»Hast du auch Maibäumchen bekommen?«, wollte Gontard wissen.

»Ja, mehrmals von Michael, als wir Teenager waren.« Sie brach ab und sprach dann rasch weiter. »Und auch von anderen, den netten Nachbarsbuben zum Beispiel, die haben ein bisschen für mich geschwärmt.«

»Wir helfen dir mit dem Absichern«, sagte Anna zu ihrer Mutter.

So waren sie eine ganze Weile beschäftigt.

»Es wird kühl«, sagte Annas Mutter leicht fröstelnd. »Wir haben noch nicht Sommer. Lasst uns ins Haus zurückgehen. Die Burg ist zwar eine schwer beheizbare Burg, aber einige Zimmer sind immer gemütlich warm. Und wenn wir gerade von Zimmern sprechen: Sie können Ihre Sachen ins Gästezimmer hochbringen, Herr Gontard. Das ist im dritten Stock oben.«

Sie ging mit ihrem flinken Gang voraus. Anna ergriff heimlich Friedrich Gontards Hand. Sie flüsterte in sein Ohr: »Mein Zimmer ist im zweiten Stock. Aber unsere Dielen knarren nicht, wenn man sich auskennt. Und ich kenne mich aus.«

Er drückte fest ihre Hand und ließ sie gleich wieder gehen. Die Schicklichkeit des protestantischen Pfarrhauses erforderte es, gewisse Gesten zu unterlassen. Zumindest nach außen hin und vor den Leuten.

Viele Stunden später, in Gontards Armen liegend, sagte Anna: »Was nützt es, wenn die Dielen nicht knarren? Man sollte Betten, die quietschen, ölen können.«

»Die Burgromantik erfordert eben ihren Preis. Man kann nicht alles haben«, antwortete Gontard.

In den frühen Morgenstunden wand sich Anna sehr widerwillig aus Gontards Armen heraus und schlich auf leisen Sohlen zurück in ihr Zimmer im zweiten Stock.

Als sie in ihrem Zimmer angelangt war, hörte sie etwas rascheln.

Sie ging vorsichtig ans Fenster. Da hatte jemand ein Maibäumchen an die Wand gestellt oder war gerade dabei, es zu tun.

Sie hörte Schritte, die sich entfernten. Im weißen Mondlicht lief ein junger Mann mit längeren hellen Haaren über den Hof dem Hoftor zu. Anna bekam eine Gänsehaut.

Michael! Nein, das konnte nicht sein. Michael war tot.

Als die gespenstische Gestalt sich umdrehte, um noch einmal nach dem Maibäumchen an der Wand zu sehen, erkannte sie Wolfgang, einen der Nachbarssöhne vom Bauernhof nebenan.

Er schwärmt immer noch für mich, dachte Anna. Ein Heimweh nach früher überkam sie. Sie öffnete das Fenster. Von einem fernen Gehöft her ertönte das langgezogene Jaulen eines Hundes, der den Mond anbellte, und zerriss die Stille der Nacht. Anna blieb noch lange in der kühlen Nachtluft stehen, über das Dörfchen hinwegblickend, das nicht mehr das ihre war und doch immer und ewig das ihre bleiben würde.

11. KAPITEL

Gespräch im VW Käfer

Anna und Friedrich Gontard fuhren nach Heidelberg zurück. Es war Sonntagnachmittag. Am Morgen hatte der obligate Kirchgang auf dem Programm gestanden. Hier gingen die Menschen noch in die Kirche, was vielleicht auch an Annas Vater lag, der eine erstaunlich interessante und aktuelle Predigt gehalten hatte, die auch zum Glück nicht zu lang ausgefallen war.

In deutlichen, aber unpathetischen Worten hatte er den tragischen Tod Michael Weinbauers erwähnt und die Menschen der Gemeinde gebeten, keine voreiligen Schlüsse zu ziehen, was die Hintergründe des Mordfalles anging.

Friedrich Gontard als der »zukünftige Schwiegersohn von Pfarrers«, so hieß es schon im Dorf, wurde eifrig bestaunt, als sei er ein Exot. Es geschah nicht viel in Thalkirchen. Ein neues Gesicht war immer eine kleine Sensation.

Anna, das wusste Gontard, hielt ebenso wenig von Kirchengläubigkeit wie er selbst. Auch hier war Anna ein kleiner Privatrevoluzzer, aber ihren Eltern zuliebe und wegen der Leute im Dorf, für die sie immer noch Pfarrers Anna war, spielte sie brav mit.

»Ich bestaune schöne Kirchen, und ich liebe ihre mystische Atmosphäre, und ich zünde gerne Kerzen an in einem Dom, aber vom Beten auf Befehl halte ich nicht viel. Ich mag Christus als Symbolfigur für einen leidenden Menschen, so sehe ich das, und Christus erinnert mich immer an einen Pazifisten oder passiven Widerständler, so ähnlich wie Gandhi, denke ich. Und die Maria mag ich auch. Sie ist so eine symbolische Figur für die Mütterlichkeit. Für die Liebe überhaupt, wie Jesus. All das würden meine Eltern wahrscheinlich nicht verstehen.«

Anna ließ sinnierend die heimatliche Landschaft an sich vorbeiziehen, die Hügel und Wälder und Wiesen in ihrer Frühlingspracht, mit ihren weißblühenden Schlehenhecken und goldenen Schlüsselblumen.

»Ich denke darin genauso wie du«, sagte Gontard. »Wie in so vielen Dingen.«

»Seelenverwandt?«, fragte Anna.

»Ohne Zweifel.«

»Oder nur vielleicht?«

»Ohne Zweifel. Wie sagte Tucholsky doch so richtig: Liebe ist, wenn man im Theater an der gleichen Stelle lacht oder weint. Sonst geht es schief! Aber entschuldige, wenn ich mit meinem literarischen Wissen prahle. Hm, habe ich mich eben entschuldigt? Ich glaube, deine Unsitte, sich für alles zu entschuldigen, färbt schon auf mich ab, dabei wollte ich es dir doch abgewöhnen!«

»Macht nichts, das mit der Bildung. Ein gebildeter Polizist ist doch was Nettes.«

Sie schaute ihn von der Seite her an mit einem provokanten Blick.

»Warum habt ihr eigentlich keine Haustiere?«, wollte Gontard wissen.

Die Frage kam sehr unvermittelt.

»Wir haben Bienen.« Sie lachten.

»Und wir hatten Schäfchen auf der Waldwiese. Es gibt noch Fotos davon. Ein sehr dickes Kind, nämlich ich, mit Schäfchen. Ich spüre heute noch ihr Fell, wenn ich die Augen schließe. Michael mochte Tiere auch gerne. Wir spielten oft mit den Schäfchen.«

Sie schwiegen, auf einmal fragte Anna: »Wie findest du meine Eltern?«

»Sehr sympathisch. Eine undefinierbare Mischung aus altmodisch und doch modern. Aber doch überwiegend altmodisch. Michaels Eltern waren wohl sehr streng? Ist er deshalb so ins Extreme geraten, was meinst du?«

»Nein, nein, man kann Weinbauers doch nicht für Michaels Fehlentwicklung verantwortlich machen. Möchtest du später mal für alles verantwortlich gemacht werden, falls du ... falls wir ... Kinder haben sollten?« Anna war verlegen geworden. »Oje«, sagte sie, »das klingt so nach Ehe und als wolle ich dich festnageln.«

»Vielleicht will ich das. Festgenagelt werden, wie du es ausdrückst. Zur Ruhe kommen.«

»Das ist aber altmodisch. Meinst du nicht?« Sie fühlte sich sichtlich unwohl bei diesem Thema und lenkte ab. Sie stellte das Autoradio an.

The Who sangen gerade *My Generation*.

»In Swinging London möchte ich sein, und wäre es nur mal so für einen einzigen Tag«, sagte Anna sehnsüchtig. Sie trällerte den Song mit und klopfte im Takt auf ihre Knie. Als die Zeile kam: *Hope I die before I get old* und *Why don`t you all fade away*, fühlte sich Friedrich Gontard auf einmal sehr alt neben Anna, die in ihrem Element zu sein schien. Ihm war die Band zu pubertär. War er ein alter Mann? Es herrschte Schweigen, und Anna schaltete brüsk das Radio ab, mitten im gestottert klingenden Refrain.

Sie fuhr ihm zärtlich übers Haar und sah ihn an. Wie melancholisch seine Augen manchmal sein können, ging es ihr durch den Kopf, aber laut sagte sie: »Ich bin fixiert auf blonde Männer. Männer, nicht Jungs.« Sie sah ihn an: »Besonders auf einen gewissen blonden Mann. Und außerdem, was soll ich in London?«

Damit war das Thema zumindest vorläufig beendet.

»Du hast nun nicht Michaels Eltern gesehen, das heißt, du hast Michaels Vater gehört. Er spielte die Orgel. Trotz allem.«

»Ja, trotz allem. Ein Mann mit Stolz. Mit Selbstdisziplin?«

»Ja, das kann man sagen.«

»Es hätte nichts genützt, zu den Weinbauers zu gehen. Sie werden die Ruhe gut gebrauchen können für ihre Trauer. Mal sehen, was die nächsten Tage alles bringen.«

»Denkst du, man wird das zweite Gemälde finden? Das mit dem Mädchen und dem Krug und dem Licht unterm Scheffel?«

»Ich glaube, nicht so schnell.«

»Warum wurde das Delfter Straßenszenenbild wohl aufgeschlitzt?«

»Wenn wir das wüssten, hätten wir vielleicht schon den Fall gelöst. Das ist ein wichtiger Schlüssel zum Geheimnis.«

»Und wer hatte Interesse an Michaels Tod?«

»Du stellst schwere Fragen, Anna.«

»Wer wird hier bezahlt dafür, schwere Fragen zu beantworten?«

»Nicht allzu gut bezahlt, das muss ich doch richtig stellen.«

»Dann lohnt es sich vielleicht doch nicht mit dir«, lachte Anna und zerzauste Gontards Haare.

Sie waren in Heidelberg-Neuenheim angekommen. Wie weit hier die Natur schon war. Alles blühte, auch Frau Kohls Glyzinie zeigte zarte erste blaue Dolden. Die Schneideaktion, in einigen Situationen eher lästig, hatte sich gelohnt.

»Die nordpfälzischen Gärten haben einiges aufzuholen, gell?«, fragte Anna.

»Und die nordpfälzischen Betten auch. Sie quietschen mir zu sehr. Das ist doch in Heidelberg anders, oder?« So lautete die Gegenfrage.

Sehr viel später sagte Gontard in die Dunkelheit von Annas Zimmer hinein: »Wir müssen morgen unbedingt das Tagebuch Alfred

Melzer und seinen Leuten geben. Wir machen uns sonst strafbar wegen Unterschlagens wertvoller Indizien.«

»Es muss wohl so sein. Gute Nacht.«

12. KAPITEL

Frau Trautmann

Frau Trautmann, die Besitzerin des Hauses in der Panoramastraße und ehemalige Vermieterin der Souterrainwohnung, in der Michael Weinbauer zuletzt gelebt hatte, war nun wieder von der Kur in Bad Wildbad zurück. Der Schock war zwar groß gewesen, dass ihr Untermieter ermordet worden war und vielleicht sogar in ihrem Haus, bevor man ihn in den Neckar geworfen hatte. Aber sie war eine nicht sehr sensible Dame, die Witwe eines Tierarztes und Heidelberger Schlachthofdirektors und außerdem die Tochter eines Berufsoffiziers, sie war robust und jetzt nach der Kur frisch und ausgeruht und voller Elan. Die Polizei hatte von ihr nur erfahren können, dass sie mit dem jungen Mann zufrieden gewesen war, denn er hatte so gut wie nie Damenbesuche empfangen, was ihr sehr wichtig war, und auch sonst keine Besucher. Er war zwar wortkarg gewesen, aber nicht ruppig oder unhöflich.

Die Information über den Waffenfund kam plötzlich und überraschend für die Witwe, doch sie konnte keinerlei Auskünfte geben über irgendwelche dubiosen Dinge im Zusammenhang mit ihrem unauffälligen Mieter, der, auch das war ihr wichtig, immer pünktlich seine Miete bezahlt hatte. Pünktlich am Ersten jeden Monats.

In ihrem Bekanntenkreis waren mehrere Damen, die sich ständig über »ihre Studenten« beklagten, weil sie entweder dauernd Mädchen mitbrachten oder immer im Zahlungsverzug waren. Da hatte sie noch nie klagen müssen, und der junge Mann hatte immerhin etwa drei Jahre lang bei ihr gewohnt.

Voller Tatendrang ging Frau Trautmann in ihren Schuppen, um die Blumentöpfe und Kübel für die Bepflanzung von Terrasse und Garten zu richten. Es war höchste Zeit, aber man konnte schließlich nicht alles auf einmal machen: in Erholung fahren und das Haus und den Garten tipptopp haben. Morgen würde ihr sowieso Hermine Fuchs helfen, ihr Mädchen für alles, doch nun würde sie einmal vorsortieren. Mit grünen Gummihandschuhen, einer Schürze und Gummistiefeln angetan, stürzte sie sich voller Freude in die Arbeit.

Sie rief nach ihrer schwarzen Katze, Lakritze, doch das Tier, wie alle Katzen, hatte seinen eigenen Kopf und tat ihr nicht den Gefallen, zu erscheinen. Sie war bestimmt auf Mäusejagd, es gab ja genug davon.

Frau Trautmann hatte sich schon eine halbe Stunde im Schuppen verweilt, als sie auf einmal ein Maunzen hörte. Da oben aus dem Verschlag, wo die Drähte und Stangen für die Dahlien und Sonnenblumen und Gladiolen gestapelt waren, schaute etwas Zotteliges und Weißes hervor. Das war nicht Lakritze, die war rabenschwarz, aber hinter dem weißen Gezottel lugte ein schwarzer Kopf hervor und schaute vorwitzig und frech zu seinem Frauchen herunter.

»Miau«, kam es von hoch oben, als wolle die schwarze Katze sie ein bisschen foppen.

Frau Trautmann ging ins Haus und holte ein Schälchen mit Milch, brachte es in den Schuppen zurück und stellte es auf den alten groben Holztisch, auf dem sie immer die Geranien und alles andere umtopfte. Der Schuppen war ebenso ordentlich wie das Haus.

Lakritze konnte der Versuchung nicht widerstehen, sprang mit einem Satz aus ihrem abenteuerlichen Versteck hervor und landete auf dem Tisch neben dem Milchschälchen. Im Springen riss sie aber das weiße Zotteldings mit herunter, auf dem sie – offensichtlich gemütlich und sehr weich – gelegen hatte.

Frau Trautmann entfuhr ein Schrei, als das Zottelfell vor ihren Füßen landete. Sie dachte zuerst, das sei ein komisches Tier, ein totes Tier, denn es war mit roten Flecken übersät. Nein, es war kein Tier.

Mit spitzen Fingern hob sie es auf, denn sie wollte es genauer untersuchen.

Frau Trautmann war eine praktische und gründliche Frau und außerdem neugierig.

Das war ein Teppich, ein Flokatiteppich, oder wie hießen diese neumodischen Dinger, die alle jungen Leute so mochten? Ihre Freundinnen hatten ihr gesagt, ihre Studenten hätten solche Teppiche, und diese Teppiche sähen nach zwei Wochen dreckig und eklig aus. Auch ihr Student, Michael Weinbauer, hatte einen solchen Flokatiteppich gehabt, einen ziemlich großen sogar, und der hatte gefehlt, nachdem ...

Frau Trautmann schrie noch einmal, als ihr die Bedeutung des Fundes klar wurde, und sie rannte noch schreiend ins Haus und rief sofort Alfred Melzer in seinem Büro an.

Lakritze, nachdem sie die Milch geläppert hatte, wischte sich das Mäulchen, sprang auf den Flokatiteppich, den Frau Trautmann in ihrem Schreck hatte fallen lassen, und verbrachte eine gemütliche Viertelstunde, bis die Heidelberger Kripo eintraf und den Teppich mitnahm.

13. KAPITEL

Hexenjagd

In den nächsten Tagen überschlugen sich die Ereignisse noch mehr. Es kam, wie es kommen musste, und wie Friedrich Gontard und Anna im Stillen befürchtet hatten.

Durch eine winzige Masche im Netz der Ermittlungen war die Information über Michael Weinbauers Waffenarsenal durchgesickert. War es eine hysterische Sekretärin gewesen, die das Ganze an eine bestimmte Zeitung weitergegeben hatte, ein ambitionierter kleiner Beamter, hatte der Zufall mitgespielt? Jedenfalls musste eine erschrockene Anna am Telefon von ihrer Mutter erfahren, dass in Thalkirchen Presseleute von einer jener Zeitungen umhergingen, die für ihre sensationellen Berichte bekannt waren.

Ein Reporter hatte versucht, die Eltern von Michael Weinbauer zu befragen, doch Herr Weinbauer hatte energisch darum gebeten, man möge ihn und seine Frau in ihrer Trauer nicht stören, und ihm die Tür vor der Nase zugemacht. Nun hielten sich die Presseleute an die Bevölkerung.

Nachbarn, ehemalige Klassenkameraden wurden aufgesucht und manchmal kamen die Ausfrager auf ihre Kosten, denn wie überall menschelte es auch in Thalkirchen. Zwar war die sprichwörtliche Schweigsamkeit und Verschlossenheit des nordpfälzischen Menschenschlags zum Teil wie ein Bollwerk, das den Fragen der Reporter standhielt, außerdem waren Weinbauers als alteingesessene Thalkircher Bürger geachtet. Herr Weinbauer war ein beliebter

Lehrer gewesen und Frau Weinbauer schätzte man wegen ihrer tatkräftigen Arbeit in der Gemeinde.

Aber Neider gibt es überall, und so meldeten sich auch hier vereinzelt Stimmen, die meinten, beobachtet zu haben, wie Michael schon als zehnjähriger Bub auf der Wiese da oben mit dem Flitzebogen herumgeschossen habe, oder man hielt es plötzlich für auffällig, dass er nicht wie die anderen Buben im Fußballverein gewesen war und überhaupt sei er sehr verschlossen gewesen, immer schon, und außerdem habe er so einen finsteren Blick gehabt.

»So ein seltsamer Heiliger«, wie es jemand ausdrückte. Ein Reporter hatte die glorreiche Idee, nach dem Erziehungsstil der Eltern Weinbauer zu fragen. Eine Nachbarin meinte, Weinbauers seien zu nachsichtig und milde gewesen, doch eine andere Nachbarin meinte beobachtet zu haben, dass die Eltern ein strenges Regiment führten. Auf die Frage des Reporters hin, ob sie konkrete Situationen nennen könnten, wichen die zuverlässigen Zeugen aber aus.

Eine der Frauen, eine der Zeuginnen der »peinlichen Szene beim Päckchenpacken für unsere Not leidenden Brüder und Schwestern in der Ostzone«, zeichnete in dramatischen Bildern die Szene im Pfarrhaus nach. Sie sprach von Handgreiflichkeiten seitens des Studenten gegen den Pfarrer und Morddrohungen gegen alle Anwesenden, sogar gegen die eigene Mutter.

Doch muss gesagt werden, dass die Reporter sich eigentlich mehr Kooperation von den Dorfbewohnern erhofft hatten. Das Dorf, auch aus Mitleid mit den Eltern Weinbauer, deren Sohn ja kein Verbrechen begangen hatte, sondern Mordopfer war, hielt letztendlich zusammen, und so ebbte der Lärm allmählich ab. Der Rummel hatte ein Ende, aber es gab einige fette Schlagzeilen für die Regenbogenpresse, wie zum Beispiel *Dorf in der Nordpfalz: Kommunistennest?* oder *Sohn aus gutem Hause befürwortet DDR.*

Die Leute von der Presse zogen vorerst zufrieden ab, und das Dörfchen Thalkirchen verfiel wieder in seinen Dornröschenschlaf.

Doch Bernhard Weinbauer fand, von anonymer Hand nachts unter die Haustür geschoben, im Morgengrauen einen bitterbösen Brief, der zudem von Fehlern nur so strotzte:

So eine Sauerei, fertreibt das Leererpack, das unser scheenes Dorf in Schande bringen tut. Keine Komunisten in Thalkirchen!

Herr Weinbauer nahm den Schmähbrief, zerknüllte ihn und zündete ihn an. Die schwarzen rußigen Fetzen spülte er in der Toilette hinunter. Dann ließ er das Kätzchen, das draußen im Garten gemaunzt hatte, ins Haus und fütterte es in der Küche. Nur gut, dachte er, als er schleppenden Schrittes ins Schlafzimmer hochstieg, dass Elisabeth den Brief nicht gefunden hat. Es wäre ihr Tod gewesen.

14. KAPITEL

Abschied

Kurze Zeit danach stand in Thalkirchen eine Frau am Fenster ihres gemütlichen, hübschen Hauses und schaute in die Abenddämmerung. Wie friedlich das Dorf dalag. Der frühsommerliche Garten begann, seine Pracht zu entfalten.

Sie machte sich bereit.

Elisabeth Weinbauer ging langsam ins Zimmer ihres Sohnes. Sie knipste das Licht an, strich über die Bettdecke, als wolle sie alles herrichten für einen Besucher, der nie mehr kommen würde. Ihr Blick ging von Bild zu Bild, von Foto zu Foto, von Gegenstand zu Gegenstand. Da lag ein Album. Sie schlug es auf.

1941. Kriegszeit. Michael als Baby, ein zotteliges armseliges Teddybärchen im Arm haltend.

1947. Einschulung. Michael, ganz vorne in der Mitte. Stolz hält er die Schiefertafel mit der Jahreszahl.

1948. Kerwe in Thalkirchen. Michael auf der »Reitschul'«, auf einem Elefanten sitzend und fröhlich den Eltern zuwinkend, die außen am Rand stehen. Unterhalb vor Michael Freundin Anna, Zahnlückenlachen, auf einem Schwan.

1950. Der erste Urlaub. Greetsiel. Das Meer. Pfefferminzgrünweiß gestreifte Strandkörbe und ein mit beiden Händen in die Kamera winkender Lausbub, stolz über die Strandburg, die er gerade gebaut hat und die mit Wimpeln und Fähnchen geschmückt ist.

1955. Ein etwas gequält aussehender Konfirmand mit Seitenscheitel und im dunklen Anzug, an den Ärmeln zu kurz.

1956. Ein Klassenfoto. Michael, den Arm um einen Schulfreund legend, es ist Rüdiger Barnheimer, gelöst und glücklich. Im Hintergrund zwei Fahrräder mit Aufklebern.

1958. Michael beim Abschlussball der Tanzschule. Ein schlaksiger junger Mann mit Elvistolle, ein wenig schmollend, eine zierliche Blondine im hellrosa Ballkleid am Arm.

1959. Eine Theateraufführung von Michaels Gymnasium: *Die Räuber*. Michael als Karl Moor.

1960. Abiturfeier. Lauter Gesichter voll ausgelassener Freude. Michael etwas abseits, die Arme verschränkt, skeptisch.

Sie blätterte weiter.

1965. Das letzte Bild. Michael bei einer Familienfeier, Bernhards fünfzigster Geburtstag. Verwandte jeden Alters am Kaffeetisch. Michael am Rand sitzend, wieder mit verschränkten Armen. Michaels Gesicht, eine undurchdringliche Maske.

Irgendwo, irgendwann dazwischen, haben wir etwas nicht gemerkt, Bernhard und ich, dachte Elisabeth Weinbauer. Haben wir versagt, haben wir die Zeichen nicht erkannt, haben wir nicht getan, was zu tun gewesen wäre?

Wann war aus dem fröhlichen Kind ein zorniger junger Mann geworden, dann ein unversöhnlicher und am Ende ein hasserfüllter Mann? Wann war ihm die Liebe abhanden gekommen?

Frau Weinbauer ging zum Schreibtisch, auf dem ein Block lag. Sie riss ein Blatt heraus und schrieb etwas darauf. Bernhard würde erst spät zurückkommen. Er war in die Kirche gegangen, zu seiner geliebten Orgel.

Er sollte wissen, dass er keine Schuld trug.

Bald würde es ein Ende haben, das Spießrutenlaufen. Heute Morgen vor dem Rewe-Geschäft hatte Thekla Mielke vor ihr ausgespuckt. Kommunistenmutter, hatte sie gezischt. Dabei hatte sie

Thekla Mielkes Kindern, Rainer und Roswitha, die beide geistig zurückgeblieben waren, jahrelang bei den Hausaufgaben geholfen. Bernhard hatte die Kinder in der Schule gehalten mit den anderen zusammen, er hatte sie immer wieder gestützt und gefördert.

Sie ging langsam ins Badezimmer, nahm etwas aus dem Apothekerschränkchen, ein Glasröhrchen, leerte den gesamten Inhalt in ein großes Glas Wasser, trank alles in einem Zug. Dann ging sie nach unten, nahm, obwohl schon bald Sommer war, ihren schweren wollenen Wintermantel vom Haken im Flur. Dabei fiel ihr Blick auf ihr Spiegelbild: eine kleine, blasse Frau mit graublondem Haar. Sie verließ, ohne sich umzusehen, das Haus.

Eine dunkle Gestalt, bucklig und zwei schwere Milchkannen schleppend, bog in einiger Entfernung vor ihr um die Ecke und verschwand in einem Hofeingang. Säuerlicher Geruch, gemischt mit dem Duft von Blumen, stieg in ihre Nase. Eine Katze, geduckt, lauerte auf Mäuse. Aus einem der Bauernhäuser am Ende des Dorfes drang helles Kinderlachen. Leben.

Doch nein. Sie dachte an die endlosen Stunden, Tage, Jahre ohne Ziel, an die Jahre ohne Hoffnung darauf, dass der verlorene Sohn doch noch in die Welt der Eltern zurückfinden würde. Es gab kein Zurück mehr. Es war nun alles, alles sinnlos geworden, nachdem Michael tot war. Nie mehr die Möglichkeit, zu fragen oder eine Antwort zu bekommen oder etwas ungeschehen zu machen. Nie mehr die Möglichkeit, zu verzeihen oder verziehen zu bekommen.

Ihr Entschluss war gefasst.

Es war nun mittlerweile dunkel geworden. Dort unten zum Flüsschen hin, jenseits der Häuser, regte sich keine Menschenseele weit und breit.

Von der Kirche her hörte sie Orgelklänge. Bernhards Art, dem Schmerz zu trotzen.

Unbemerkt ging sie zur Alsenz hinunter, zur kleinen Brücke, an die Stelle, wo das Wasser aufgestaut war, unten am Wehr. Es duftete so schön nach Frühling, und die dicken Brummer flogen schon um die Bäume. Nun würde bald Sommer sein.

Müde, müde wurde alles in ihr, und so nahm sie Abschied.

Einen Tag später erhielt Anna noch einmal einen Anruf von ihrer Mutter.

Michaels Mutter habe sich das Leben genommen. Sie habe Michaels Tod nicht verkraftet und das Gerede der Leute und überhaupt alles, was damit zusammenhing. Herr Weinbauer, so meldete sie weiter, wolle dennoch weiterhin sonntags die Orgel spielen.

Da legte Anna wortlos den Hörer auf, barg den Kopf in beiden Händen und weinte, weinte, wollte sich nicht mehr beruhigen.

15. KAPITEL

Die magische Zahl

Alfred Melzer und Friedrich Gontard saßen in Melzers Büro. Die weißblaue Straßenbahn ratterte gerade unten vorbei und bog klingelnd um die Kurve.

Sie sprachen von dem tragischen Geschehen, dem Selbstmord von Michael Weinbauers Mutter.

Dann beleuchteten sie die Fälle von allen Seiten und drehten sich doch immer wieder im Kreis. Wo war das zweite Gemälde? Warum war das erste zerstört worden? Warum war der Student getötet worden und von wem?

»Ich habe eine Theorie, aber sie ist nur eine vage Idee und führt auch nicht weiter«, sagte Friedrich Gontard.

»Lass hören«, antwortete der Freund und Kollege.

»Michael Weinbauer, nachdem er die Gemälde gestohlen hat, will sie natürlich verhökern, verkaufen, was auch immer. Damit er Waffen kaufen kann für seine große Sache, für seinen wahnsinnigen Weltverbesserungswahn. Er forscht nach und merkt, dass dieses Bild schon als Original in Amsterdam hängt. Wer will eine Fälschung? Niemand gäbe auch nur eine einzige müde Mark dafür. Niemand. Also zerschneidet er voller Enttäuschung das Gemälde. Das andere, das ein verschollener Vermeer sein könnte, wollte er mit Gewinn verscherbeln.«

»Das macht alles soweit Sinn, erklärt aber noch nicht, warum der Student ermordet wurde und wer sein Mörder war.«

»Du hast recht, Alfred. Wir sind nicht sehr viel klüger als zuvor. Wir wissen nun durch das Tagebuch von Babette Basler, dass sie zunächst die Komplizin von Michael Weinbauer war, dann aber ausstieg. Aus Tierliebe, sozusagen, weil sie Frau Mahlsdorffs Hund nicht vergiften wollte. Apropos Gift. Magst du eine Zigarette?«

»Nein, danke, ich bin dabei, dieses Giftzeug aufzugeben. Meine Frau bedrängt mich, und ich will mal versuchen, ob ich durchhalte.«

»Du erlaubst, dass ich rauche?«

»Aber freilich.«

»Irgendwie«, sagte Friedrich Gontard nach einem Moment des Schweigens, »irgendwie habe ich das Gefühl, es wäre gut, noch einmal in die Studentenbude von Michael Weinbauer zu gehen. Mir ist, als sei da etwas übersehen worden.«

»Ja, meine Leute haben gründlich gestöbert, aber keine Akten, keine Verbindung zu Hintermännern des Studenten, nichts wurde gefunden. Nur die Broschüren, aber das will nicht viel sagen. In seiner kommunistischen Vereinigung ist er selten aufgetaucht. Wir haben da ja auch eine Razzia gemacht und gewühlt. Er war wohl eher ein Einzelgänger und gar nicht organisiert. Ein Einzelkämpfer mit Sendungsbewusstsein. Ein Verirrter. Ein Verwirrter.«

»Dann gehe ich gleich mal in die Panoramastraße, dann nach Ludwigshafen. Da gibt es eine Unmenge zu tun. Fräulein Hunziker, meine Sekretärin, macht von Mal zu Mal ein vorwurfsvolleres Gesicht, wenn ich erscheine, als wolle sie mir Dienstvernachlässigung vorwerfen. Sie denkt, das alles habe mit Anna zu tun. Hat es natürlich auch, muss ich zugeben.«

»Ich würde gerne mitkommen, aber ich sehe lieber mal meine Aktenberge hier durch. Arbeit über Arbeit. Deine Idee halte ich übrigens für eine fixe Idee. Wir haben alles durchkämmt.«

Das Telefon auf Melzers Schreibtisch klingelte schrill.

Nachdem er aufgelegt hatte, sagte er zu seinem Ludwigshafener

Freund: »Die Gerichtsmedizin. Es ist nun hundertprozentig erwiesen, dass Weinbauer tödliche Stiche erhielt, bevor er in den Neckar geworfen wurde. Die Stiche stammen von der gleichen Waffe, mit der auch das Gemälde aufgeschlitzt wurde. Und da auf dem Bild keine Blutspuren zu finden waren, muss es zerstört worden sein, bevor Michael Weinbauer getötet wurde. Das ist logisch, oder?«

»Das ist logisch«, entgegnete Gontard.

»Ach ja, und die Blutspuren auf dem Flokatiteppich sind Michael Weinbauers Blutspuren. Die Wohnung muss sehr gut gereinigt worden sein, denn wir fanden keine Blutspuren in der ganzen Wohnung des Toten. Falls er überhaupt in der Wohnung ermordet wurde. Wahrscheinlich hat man ihn in dem Teppich zum Wehr transportiert und den Teppich dann in dem Schuppen verstaut, außerdem hat man das Messer beseitigt. Aber nein. Das macht keinen Sinn. Warum sollte der Teppich noch einmal zurückgebracht worden sein? Doch dafür gibt es bestimmt eine Erklärung.«

»Ja, eine Erklärung, die der Mörder uns liefern könnte«, seufzte Alfred Melzer. »Wenn wir ihn denn hätten.«

»Vielleicht finde ich doch noch ein kleines Indiz, wenn auch keine Blutspuren«, sagte Friedrich Gontard. »Ich habe da so ein Gefühl.«

»Ich halte es nicht so sehr mit dem Gefühl, sondern verlasse mich auf den gesunden Menschenverstand, Friedrich, aber trotzdem viel Glück, wenn es dem Fall nützt.«

Gontard wollte gerade das Büro des Freundes verlassen, als wieder das Telefon klingelte.

Melzer hob ab und gab Gontard mit Gesten zu verstehen, dass er noch warten solle. Es könnte eine weitere wichtige Information kommen.

Und sie kam. Dies schien der Tag der entscheidenden Resultate zu sein.

Gontard musste eine ganze Weile Geduld haben, bis Alfred Melzer auflegte.

»Friedrich, stell dir vor, die haben das zerschlissene Bild untersucht, beziehungsweise das, was davon übrig war. *Het straatje*. Es ist natürlich eine Fälschung, aber ganz hundertprozentig keine von van Meegeren. Also eine minderwertige Fälschung. Wurde es deshalb zerstört? Die Technik van Meegerens ist so eindeutig nachweisbar, dass es keinen Irrtum gibt, sagte der Kunstsachverständige eben am Telefon. Er schickt uns einen detaillierten Bericht der Röntgen- und Infrarotaufnahmen, mit denen er und sein Team gearbeitet haben. Es ist wirklich sehr interessant, Friedrich, was er gesagt hat. Han van Meegeren hatte wissenschaftlich gearbeitet und versucht, alte, mit der Hand geriebene Farbstoffe zu bekommen, aber dieser Fälscher, der *Het straatje* gemalt hat, verwendete moderne, maschinell gemahlene Pigmente, die wesentlich feinkörniger sind. Der Kunstexperte hat erzählt, dass van Meegeren an zwei Farben gescheitert sei, nämlich dem Ultramarin und dem Bleiweiß. Sein Ultramarin war mit Kobaltblau verschnitten, und das gab es zu Vermeers Zeiten noch nicht. So ist man ihm auf die Schliche gekommen, und so kann die Fachwelt auch heute noch jeden falschen Vermeer von einem echten unterscheiden. So bewies man zunächst van Meegerens Fälschung, und er konnte anschließend im Gefängnis beweisen, dass er der Fälscher gewesen war, der die Nazis düpiert hatte. Es gab noch andere kleine Patzer, welche seinen »echten Vermeer« als Fälschung entlarvten, hat der Kunstexperte gesagt. Aber das können wir alles im Detail nachlesen, wenn der schriftliche Bericht da ist.«

»Das ist wirklich eine Wissenschaft für sich, das mit den Kunstexpertisen. Aber anscheinend auch das mit der Fälscherei. Hochinteressant, Alfred, du hast recht. Aber macht uns das klüger in unserem Fall?«, fragte Friedrich Gontard.

»Ich fürchte, vorläufig nicht«, musste Alfred Melzer resigniert feststellen. »Vorläufig wirklich nicht, aber vielleicht später.«

Als Friedrich Gontard an der Markscheide abbog und zur Panoramastraße hochfuhr, dachte er, wie grotesk es doch war, dass Michael Weinbauer hier in dieser Nobelgegend gewohnt hatte. Die Villa neben Frau Trautmanns auch nicht kleinem Haus, in dem seine Studentenbude gewesen war, mochte in den Dreißigerjahren gebaut worden sein. Eine Nazivilla vielleicht, wer wusste das schon. Im Garten standen jedenfalls mehrere Statuen, die nach Nazikunst aussahen.

Gontard hielt sich nun schon länger als eine ganze Stunde in der Wohnung auf und fand nichts. Er war schon am Hinausgehen, als sein Blick auf eines der Pop-Art-Poster fiel, die Michael Weinbauer an die Wand gepinnt hatte. Da war eine Nummer mit Kuli an den Rand gekritzelt. Sie sah aus wie eine Telefonnummer, aber ohne Vorwahl: 74700. Daneben ganz klitzeklein, so klein, dass Gontard ganz nah herantreten musste, ein Spruch: *Krieg den Palästen.*

Gontard notierte sich die Nummer in seinem Notizblock.

»Gibt es etwas Neues im Fall Michael Weinbauer?«, rief Frau Trautmann vom Balkon herunter zu Gontard hin, der gerade die Treppe zum Ausgang des Grundstücks heruntergehen wollte. Sie hielt die schwarze Katze Lakritze im Arm.

»Nein, leider nicht«, rief Friedrich Gontard zurück. »Aber wir halten Sie auf dem Laufenden, Frau Trautmann.«

Oder auch nicht, murmelte er maliziös.

Nun musste er aber zurück ins Ludwigshafener Präsidium, schon allein, um Fräulein Hunziker eine kleine Freude zu machen. Die Nummer würde er morgen Anna zeigen. Vielleicht konnte sie helfen. Sie war immerhin eine Zeit lang mit Weinbauer zusammen gewesen. Vielleicht war es die Telefonnummer von gemeinsamen Bekannten.

Heute Abend gab es kein Treffen. Anna musste für eine Kunstklausur lernen. Aber am Nachmittag würden sie sich in Tante Klaras

Villa treffen. Sie hatte das Paar zum Kaffee eingeladen, und es war Zeit, mal wieder über dies und jenes zu sprechen.

»Dann also wieder rüber zu meinen Linksrheinischen«, sagte Gontard zu sich selbst und lenkte den Käfer in Richtung Ludwigshafen.

16. KAPITEL

Der Künstler

Friedrich Gontard parkte sein Auto an seiner Lieblingsstelle gegenüber der Tantenvilla.

Er hörte ein Kläffen und schrak zusammen. Oscar?

Aber nein, unmöglich. Oscar war tot und hatte nicht gekläfft, sondern ein dunkles, gemütliches Bellen gehabt. Ein richtiges Bernhardinerbellen.

Ja, fast hatte er damit gerechnet, von einem schwanzwedelnden Zottelhund begrüßt zu werden, aber der Kläffer war Mephisto, dessen Herrchen Valentin Lobenhofer, jovial lächelnd, wie es seine Gewohnheit war, in einem der weißen Korbsessel thronte, die zu Tante Klaras Sommermobiliar gehörten. Frau Mußgnug hatte nämlich auf dem Balkon gedeckt, und zwar inklusive Silberlöffelchen mit Tante Klaras Monogramm. Tante Klara trug demonstrativ die Granatbrosche, das auf wundersame Weise wiedergefundene gute Stück. Die Polizei hatte ihr die gestohlenen Gegenstände zurückgegeben. Es wurde aber kein Wort über Babette verloren. Zu Tante Klaras charakterlichen Stärken gehörte es, dass sie nicht nur großzügig war, sondern auch großzügig verzieh.

De mortuis nil nisi bene. »Nur Gutes über die Toten« war ihre Überzeugung. Sie gab sich immer noch die Schuld an Babettes Tod. Das arme fehlgeleitete Mädchen, das sich, ungeliebt wie es war, durch Stehlen das holen wollte, was es offensichtlich nirgends fand.

Friedrich Gontard hätte Anna gerne gleich die mysteriöse Nummer gezeigt, die er in Michael Weinbauers Zimmer gefunden hatte, doch es ergab sich vorerst keine Gelegenheit.

»Lobenhofer«, sagte Tante Klara. »Was gibt es Neues aus der Kunst- und Antiquitätenszene Heidelbergs? Mal wieder bei *Tenner und Winnikes* gewesen? Oder bei *Berlinghof*?«

»Nicht viel Neues, die Auktion bei *Berlinghof* am Wochenende habe ich verpasst. Ich war nicht so auf der Höhe. Das Alter.«

»Na ja«, sagte Tante Klara, »wenn man einen General in der Familie hatte, darf man doch nicht über Gebrechen klagen.« Wie immer war ihr Ton ihrem alten Verehrer gegenüber gebieterisch.

Es hatte den Anschein, dass es Valentin Lobenhofer recht peinlich sei, auf diesen militärischen Verwandten angesprochen zu werden, und Tante Klara hakte ein: »Entschuldigung, ich müsste wissen, dass Sie eher ein schöngeistiger Künstler als ein martialischer Zeitgenosse sind, habe ich recht?«

»Sie sind Künstler?«, interessierte sich Friedrich Gontard, gab seiner Stimme aber etwas Lässiges.

Valentin Lobenhofer schien nun noch mehr in Verlegenheit zu sein.

»Nun ja, ich bin ein Dilettant, ein Sonntagsmaler, nicht mehr. Mir zur Freude pinselte und kleckste ich ab und zu auf Leinwände. Es war einmal.«

»Nun stellen Sie mir aber Ihr Licht nicht unter den Scheffel, mein Freund. Von wegen Sonntagsmaler. Sie haben doch in den Zwanziger- und vor allem in den Dreißigerjahren nicht schlecht verdient mit Ihren Bildern. Heute will natürlich niemand mehr Ihre Sachen sehen. Entschuldigung, wenn ich das so direkt sagen muss! Aber der Kunstgeschmack hat sich gewandelt, wie wir wissen. Aber keine falsche Bescheidenheit. Und einige meiner Bilder in der Galerie oben haben Sie mir doch so wunderhübsch restauriert.«

Friedrich Gontards Interesse wuchs, aber er beherrschte sich. Es fiel ihm schwer, seine Neugier zu unterdrücken.

»Ohne mein väterliches Erbe hätte ich doch nie leben können von meiner Kunst«, widersprach Valentin Lobenhofer. »Es war im Grunde nie mehr als eine Liebhaberei, das mit der Malerei. Und nun bin ich nur noch Sammler. In bescheidenem Rahmen. Gemalt habe ich schon lange nicht mehr.«

Warum diese Tiefstapelei, diese penetrante Bescheidenheit, wo doch, wie Gontard wusste, viele Künstler eitel und nach Anerkennung geradezu süchtig waren? Es gab in seiner Frankfurter Verwandtschaft einige Künstler, Musiker zumeist. Sie lechzten alle nach Aufmerksamkeit und Anerkennung.

Valentin Lobenhofer war in seinem weißen Korbsessel, soweit es seine Leibesfülle vermochte, hin und her gerutscht. Er war sichtlich unangenehm berührt von der Richtung, in welche sich das Gespräch entwickelt hatte.

»Guckt mal«, rief Tante Klara, »wie sie da auf dem Schloss gegenüber wieder wie die Ameisen umeinander wimmeln. Auf der großen Terrasse.«

Die Ablenkung war perfekt, ob von der Tante aus Taktgefühl beabsichtigt oder nicht.

Und tatsächlich, in dem immer wieder beeindruckenden Renaissanceschloss aus rotem Sandstein auf dem Heidelberger Schlossberg gegenüber herrschte sommerlicher Hochbetrieb.

»Ich kann förmlich hören«, sagte Tante Klara ironisch, »wie der Fremdenführer da drüben den dummen Touristen wieder mal einen Bären aufbindet. Wie er denen vorflunkert, der große Fußabdruck auf der Schlossterrasse stamme von einem Ritterfräulein, das sich durch einen Sprung in die Tiefe vor den Nachstellungen eines liebestollen Ritters habe retten können. Eine verfolgte Unschuld. Haben Sie diesen Fußabdruck schon einmal gesehen und haben Sie mal, wie es alle Touristen tun, Ihren Fuß hineingestellt?« fragte sie, mit einem verschmitzten Gesichtsausdruck an Friedrich Gontard gewendet.

Gontard hatte, und er grinste. Er konnte sich fast denken, was nun aus Tantenmund kommen würde.

»Mindestens Größe fünfundvierzig ist das«, lästerte die Tante weiter. »Das muss ein schönes Trampeltier von Schlossfräulein gewesen sein, diese verfolgte Unschuld. Wenn die Füße schon so plump sind, kann man sich den Rest der Person gut vorstellen. Die Verfolgung fand bestimmt bei totaler Mondfinsternis statt. Da hatte der Ritter Glück, dass sie gesprungen ist.«

Alle lachten laut, und die Atmosphäre war entspannt und fröhlich wie lange nicht mehr.

Der Dackel Mephisto schnarchte unterm Kaffeetisch, ein alter Hundeherr und weiß um die Schnauze.

»Ich muss noch an meiner Seminararbeit schreiben«, sagte Anna. »Du musst mich jetzt entschuldigen, Tante Klara.«

»Und Herr Gontard hilft dir dabei, nehme ich an?«, gab die Tante zurück, indem sie unverhohlen anzüglich lächelte. »Also Seminararbeit nennt man das heute. Man lernt nie aus, auch nicht im Alter.«

»Ernsthaft, Tante Klara, ich muss in den nächsten Tagen die Arbeit abgeben.«

»Auch ich habe noch einen Termin«, beeilte sich Valentin Lobenhofer zu sagen. Er schälte sich aus dem engen Korbsessel.

»Mephisto, aufwachen«, rief er, band sein Dackelchen an die Leine und verschwand.

»Mein Gemälde mit dem Mädchen, dem Licht unterm Scheffel und dem zerbrochenen Krug kann ich wohl abschreiben, und das andere Bild auch?« Es war eine rhetorische Frage, welche die Tante stellte. »Man wird es bestimmt nicht mehr finden.«

»Sagen Sie das nicht, Frau Mahlsdorff. Der Fall stagniert zwar gerade, aber ich bin optimistisch. Wenn die Täter gefunden sind, werden Sie auch Ihre Gemälde bekommen. Sie werden auf dem Laufenden gehalten.«

»Ach, Anna, wenn du sowieso runtergehst, kannst du der armen Frau Mußgnug mit ihren Arthroseknien einen Gang sparen. Bring doch bitte dem Herrn Feigenbutz ein Stück Kuchen und eine Tasse Tee in den oberen Garten. Der Gute bepflanzt gerade Oscarchens Grab. Da muss ich schnell noch was erzählen: Stellt euch vor, die Weygold von nebenan, die überfromme Pietistin, hat sich empört, weil Oscar ein Holzkreuz mit Inschrift bekommen hat. Sie hat es Gotteslästerung genannt. Da ist sie bei mir aber an die richtige Adresse gekommen. Wenn Sie an Gott glauben, hab ich ihr gesagt, dann sollten Sie wissen, dass auch die Tiere Gottes Geschöpfe sind. Mein Oscarchen hat das Kreuz mehr verdient als viele Menschen, die sich fromm nennen. Da ist sie beleidigt abgerauscht und hat was von Blasphemie gemurmelt. Übrigens«, fügte die Tante hinzu, »die Prinzessin Liselotte von der Pfalz, die vor dreihundert Jahren als Kind im Schloss gegenüber mit ihren vielen Hunden rumgetollt ist, war genau meiner Meinung. Das kann man in ihren Briefen nachlesen. Eine famose Person. Aber ich schweife wieder mal ab.«

Herr Feigenbutz, Tante Annas Faktotum, war gerade beim Vergissmeinnichtpflanzen. Er war ein behäbiger Mann Mitte sechzig. Kurzatmig schnaufend richtete er sich auf. Ungewöhnlich wasserblaue Augen, ein wenig glotzend, schauten Gontard an.

»Des arme Oscarle. Jetzt iss er im Hundehimmel«, sagte er im hübschesten Heidelberger Dialekt. »Die Tierlin sinn die beschde Mensche uff der Welt.«

»Es ist was dran, Herr Feigenbutz«, gab ihm Friedrich Gontard recht.

Nun hatte er endlich einmal den legendären Herrn Emil Feigenbutz kennen gelernt. Ein Gemütsmensch, wie es schien. Wer Hunde liebt, kann kein schlechter Mensch sein, hatte Gontard irgendwann einmal gelesen.

Bevor Gontard den Motor anließ, zeigte er Anna die aufnotierte Nummer.

»Oh«, rief sie ohne Zögern aus. »Wie kommst du zu Herrn Barnheimers Telefonnummer?«

»Herrn Barnheimers Nummer? Bist du sicher?«

»Ja, ganz sicher. Die steht auch im Telefonnotizbuch meiner Eltern. Die haben zwar keinen engen Kontakt mit Herrn Barnheimer, aber es gibt Besuche, einmal im Jahr zumindest. Da kennt man auch ein bisschen die Telefonnummer.«

»Ich weiß. Einmal im Jahr. Der Geburtstag im Juni.«

Und er erzählte Anna von seiner Sucherei in Michael Weinbauers Wohnung und seinem zufälligen Entdecken der Zahl.

»Warum ist wohl keine Vorwahl dabei?« fragte er auf einmal.

»Weil Michael die Vorwahl von Thalkirchen doch auswendig wusste. Man hat doch die eigene Vorwahl im Kopf, oder? Aber Herr Barnheimer und Michael? Merkwürdig.«

»Deine Mutter hat etwas von dem überraschenden Besuch Michaels in Thalkirchen letzten Herbst erzählt. Das hat mich gleich interessiert und überrascht. Die peinliche Szene beim Päckchenpacken für die DDR, und dann noch die Tatsache, dass Michael Weinbauer bei Herrn Barnheimer einen Besuch machen wollte. Anna, ich hätte gleich am Samstagabend, als deine Mutter davon erzählt hat, zu Herrn Barnheimer gehen sollen. Ich Trottel. Ich fahre morgen nach Thalkirchen, zu Barnheimer.«

»Ich komme nicht mit, wegen der Arbeit. Ich möchte nicht ewig studieren.«

Im Autoradio sangen *The Kinks You really got me*, als sei das Lied bestellt worden. Gontard und Anna waren amüsiert. Anna änderte ihre Meinung: »Heute Abend muss die Arbeit noch ein bisschen warten. Und vielleicht schreibe ich morgen keine besonders gute Kunstklausur. Aber immerhin weiß ich schon so einiges über die holländische Malerei, auch ohne dass ich noch mal pauken muss.«

Der VW Käfer fuhr nach Neuenheim in die Bergstraße und parkte lange vor dem Haus Nummer siebenundzwanzig.

17. KAPITEL

Noch eine Villa

Bei strömendem Regen fuhr Friedrich Gontard in die Nordpfalz.

Hinter Wolfstein wurde der Regen so stark, dass er kurz anhalten musste. In der Ferne sah er eine Burgruine im Wald, welch schönschaurige Atmosphäre in dieser einsamen Gegend. Der ewige Romantiker Gontard kam ganz auf seine Kosten. Der Regen ließ etwas nach, und er fuhr weiter. Das Flüsschen Alsenz führte viel Wasser, es musste viel geregnet haben in der letzten Zeit.

Michael Weinbauers Mutter und ihr trauriges Ende fielen Gontard ein, und er fröstelte. Heute sah die gesamte Gegend trist aus. Dass Thalkirchen wie in einem Schleier lag und der Regen dort geradezu peitschte und kein Mensch auf der Straße war, kam ihm gerade recht, denn er wollte kein Aufsehen erregen bei seinem Besuch, der ihm nun, je näher er dem Dorf kam, absurd erschien.

Was sollte er Herrn Barnheimer als Grund für sein unangekündigtes Erscheinen sagen? Er würde, das beschloss er nun, aufgrund der Telefonnummer als Kommissar ermitteln. Alfred Melzer hatte er die Entdeckung der Telefonnummer bisher verschwiegen. Wenn sich etwas ergäbe aus der Unterhaltung mit Herrn Barnheimer, würde er es noch früh genug erfahren. Aber würde Herr Barnheimer überhaupt zu Hause sein? Gontard hatte dies als selbstverständlich angesehen, weil er annahm, ältere Leute seien immer oder meist zu Hause anzutreffen. Wie blauäugig von ihm. Er ging, nein, rannte zur Eingangstür des feudalen Hauses, denn es begann wieder zu schütten wie aus Kübeln.

Eine ältere Frau ländlichen Aussehens und mit einer properen Rüschenschürze öffnete auf sein Läuten hin.

Gontard stellte sich vor, und als die Haushälterin »Polizei« hörte, kombinierte sie gleich. Der Dialekt der Rüschenschürzendame war etwas gewöhnungsbedürftig, aber Gontard verstand das Nötigste.

»Es geht um denne Fall vum Michael Weinbauer? Die aarm Fraa Weinbauer. Der aarme Mann, der jetzt ganz allää iss.«

Auch hier war wieder die Sympathie zu spüren, welche die Eltern Weinbauer im Dorf genossen. Diese Frau hier hatte der Regenbogenpresse bestimmt keine »dienlichen Hinweise« über die »Kommunisteneltern« gegeben.

Entsprach die Haushälterin – sie hieß Gretel Schmitt – dem Prototyp der guten und treuen Haushälterin, so begegnete Gontard in dem Hausherrn dem Prototyp des älteren, distinguierten Landedelmanns. Anna hatte ihn schon so ähnlich beschrieben. Herr Barnheimer schien den Werken von Jane Austen oder den Brontë-Schwestern entsprungen zu sein, zumindest war er eine teutonische Version des englischen Gentlemans.

Ein extrem schlanker, großer, weißhaariger Herr mit Schnurrbart, der sich kerzengerade hielt, ein wenig im Stil des preußischen Landjunkers (vielleicht war er doch eher eine Fontanesche Gestalt als ein englischer Gentleman), kam auf den Gast zu. Barnheimer trug Kniebundhosen und Ledernes, welchem Tabakduft entströmte. Sogar der unvermeidliche Cockerspaniel mit nougatfarbenem Fell und zotteligen Ohren fehlte nicht, um das Bild zu vervollkommnen.

Friedrich Gontard kam gleich zur Sache. Er erklärte, wie er in der Bude des toten Studenten die Telefonnummer entdeckt und von Anna erfahren hatte, dass es seine, Herrn Barnheimers, Telefonnummer war. Außerdem habe er von Annas Mutter vergangenen Samstag gehört, dass der Student im letzten Herbst ihn, Herrn Barnheimer, aufgesucht habe, jedenfalls die Absicht hatte, dies zu tun. Nun habe er, Friedrich Gontard, eins und eins addiert und sich gefragt, was ein Student, der sich als politischer Einzelkämpfer gegen das Kapital verstand, bei einem – mit Verlaub – Vertreter dieses verhassten Kapitals verloren hatte.

»Michael Weinbauer war vergangenen Oktober bei mir, das ist richtig. Sie müssen wissen, Herr Kommissar, dass ich die Familie des jungen Mannes sehr schätzte. Auch den Jungen, der mit meinem Sohn Rüdiger« – hier stockte er – »sehr eng befreundet war, mochte ich sehr. Umso mehr befremdete mich seine, nennen wir es stufenweise Veränderung, von der mir Rüdiger, der in München Ökonomie studiert, nach und nach berichtete. Die beiden entfremdeten sich nicht nur wegen der verschiedenen Studienorte und -fächer, sondern auch wegen ihrer politischen Einstellung. Vielleicht waren noch andere Gründe im Spiel, wer weiß. Mein Sohn Rüdiger ist eher verschlossen, und außerdem, was weiß man schon von seinen eigenen Kindern? Sie müssen wissen, Herr Kommissar, dass unsere Familie eher wertekonservativ ist. Das reizt und provoziert gewisse Kreise, die zurzeit ihr Unwesen treiben, so möchte ich es einmal in aller Deutlichkeit formulieren. Ich war nie ein Nazi, aber ich musste mir letzten Herbst von Michael Weinbauer sagen lassen, ich sei ein Faschist und Kapitalist. Deshalb war er hierher gekommen, um mich zu beschimpfen. Nur deshalb. Michael Weinbauer war krank. Ein politischer Eiferer, ein Psychopath.«

Während Herrn Barnheimers Ausführungen hatte Friedrich Gontard reichlich Gelegenheit, das Ambiente der Barnheimerschen Villa auf sich wirken zu lassen. Da herrschte deutlich Wohlstand vor mit den vielen Antiquitäten – wie es Gontard erschien, nicht so geschmackvoll ausgesucht oder drapiert wie in Tante Klaras Villa, aber doch von gestandenem Reichtum kündend.

Während aber die Mahlsdorffsche Villa, vor allem die beraubte Kunstgalerie im dritten Stock, fast nur Landschaften und Stillleben aufzuweisen hatte – von dem Vermeer-Mädchen einmal abgesehen –, schien der hiesige Hausherr Porträts in allen Größen und aus allen Epochen zu bevorzugen. Ob Tante Klara und Herr Barnheimer sich kannten? Wohl eher nicht, denn Anna hatte einmal gesagt, die Tante verabscheue das Landleben und käme niemals zu Besuch. Es waren immer Anna und ihre Eltern gewesen, die nach Heidelberg gekommen waren. Daher auch Annas Faible für Heidelberg und ihre Entscheidung, dort zu studieren.

Friedrich Gontards Blick blieb an einem riesengroßen Frauenporträt hängen. Eine junge schöne Frau mit dauergewelltem, kurzem Blondhaar in einem türkisfarbenen Taftkleid mit Spitzenkrägelchen schaute aus lebhaften blauen Augen den Betrachter an, ein wenig schelmisch.

»Meine Frau Martha«, sagte Ferdinand Barnheimer mit leiser Wehmut in der Stimme. »Das war sie im Jahr 1936. Sie starb vor sieben Jahren an Krebs.«

Er hat sie offensichtlich geliebt, dachte Gontard.

Es entstand eine kleine Pause.

»Worauf gründet sich Michaels Vorwurf, Sie seien ein Kapitalist?« So direkt fragte Gontard in seinen Ermittlungen selten, und vielleicht war dies nun wirklich zu plump gewesen. Doch er hatte sich von seinem Instinkt leiten lassen, und der sagte ihm, dass bei seinem Gegenüber die unverblümte Art die beste sei. Die Direktheit der Frage ließ Herrn Barnheimer zusammenzucken, doch er hatte sich schnell wieder in der Gewalt.

»Auf meinen Lebensstil wohl kaum, denn ich lebe sehr bescheiden. Ich habe keine anderen Laster als die des Zigarrenrauchens«, lachte er, etwas gekünstelt, wie es Gontard erschien. »Möchten Sie eine Havanna mit mir rauchen?«

Gontard war nicht abgeneigt, und er bereute es nicht. Die echte Havanna war exquisit.

»Spaß beiseite, natürlich spielte er auf mein Vermögen an. Es ist absurd mit diesen Studenten und Weltverbesserern. Sie stammen, ist das nicht auffällig, nicht etwa aus Arbeiterkreisen, sondern zumeist aus bürgerlichen und großbürgerlichen Elternhäusern. Sehen Sie sich Michael Weinbauer an. Ein gutes Beispiel für den Bildungsbürgersohn, der die Welt erretten will. Aber die Welt will nicht errettet werden. Das ist eine Illusion. Wenn diese jungen Wirrköpfe das nur einmal begreifen würden.«

»Er nannte Sie auch einen Faschisten.« Gontard ließ nicht locker.

Schon wieder dieses Zusammenzucken. Ferdinand Barnheimer zog die Augenbrauen hoch. »Nun ja, Sie würden es früher oder später ohnehin erfahren: Ein Teil meines Vermögens beruht darauf, dass ich vor dem Krieg half, ein Patent zu entwickeln, das sich das Militär nutzbar gemacht hat.«

»Wie hieß dieses Gerät?«

»Das waren Flakscheinwerfer, die eingesetzt wurden, wenn die feindlichen Flugzeuge geortet wurden.«

»Und abgeschossen wurden.« Gontards Direktheit nahm nun eine schärfere Gangart an.

»Ja, natürlich. Sie kennen sich aus?«

»Ich war im Krieg. Als Siebzehnjähriger wurde ich eingezogen. Ja, ich kenne mich aus.«

Herr Barnheimer stutzte, musterte sein jugendlich aussehendes Gegenüber verwundert, fuhr dann aber fort: »Sie müssen mir glauben, dass die Erfindung ursprünglich für friedliche Zwecke gemacht worden war. Superscheinwerfer, die dann aber von der Regierung im Krieg eingesetzt wurden. Ich konnte den Missbrauch nicht verhindern. Ich verabscheue Krieg, ich verurteile auch die gegenwärtige Politik der USA, dieses Vietnam, immer mehr Bomben, Granaten, Napalm. Damit löst man keine Probleme.«

Seltsamerweise klang Herr Barnheimers Bekenntnis zum Frieden in Gontards Ohren glaubwürdig. Er verabschiedete sich bald und dankte Herrn Barnheimer für seine Offenheit und seine Kooperation bei der Befragung. Er entschuldigte sich für die Belästigung, aber Beruf war Beruf, nicht wahr?

Beim Hinausgehen fiel sein Blick auf ein ovales Porträt, das einen hübschen jungen Mann von etwa zwanzig Jahren darstellte. Der Sohn des Hauses? Die Ähnlichkeit mit dem Bildnis der Mutter war unverkennbar.

Bevor er Thalkirchen verließ, machte er noch eine Stippvisite bei Annas Eltern, die ihn hocherfreut zum Essen einluden. Annas Mutter hatte ein typisches Pfälzer Essen zubereitet: Kartoffelsuppe, dazu Dampfnudeln und Weinsoße. Das hatte Gontard seit Jahren nicht mehr gegessen.

Auf der Heimfahrt nach Ludwigshafen ließ er in Gedanken das Verhör – denn ein solches war es gewesen – Revue passieren.

Hinter Rockenhausen schon hatte der Regen völlig aufgehört, und ein schöner vorsommerlicher Nachmittag mit gelegentlicher Sonne machte die Fahrt durch den Pfälzerwald und die Rheinebene hinunter zu einem Vergnügen. Über der Burgruine Altleiningen spannte sich ein schillernder Regenbogen.

Im Autoradio sang Joan Baez *We shall overcome.* Gontard mochte diese amerikanische Sängerin, aber er glaubte nicht an den Weltfrieden, wie all diese jungen Leute aus Annas Generation es taten. Er dachte auch nicht, dass diese Sängerin an den Weltfrieden glaubte. Sie erschien ihm nicht naiv. Aber die Welt brauchte ihre Lieder, trotz allem.

Und er sah einen blutjungen Soldaten, sich selbst, der eine Granate in einen Bunker warf, in dem er einige feindliche Angreifer vermutete. Die entsetzlichen Schreie, die auf die Explosion folgten, er würde sie nie mehr vergessen bis an sein Lebensende. Die Schreie und dann diese Stille. Er hatte sich doch nur selbst verteidigt, oder? Er hatte diese drei Soldaten in den Bunker gehen sehen, sie hatten ihr Essgeschirr ausgepackt, hatten gelacht und gescherzt untereinander, aber sie waren auch bis an die Zähne bewaffnet gewesen. Er hatte solche Angst gehabt.

Wer war er, dass er einen Herrn Barnheimer einem peinlichen Verhör unterziehen durfte, weil er am Krieg verdient hatte? Er hatte doch auch nur auf die Verhältnisse reagiert, um zu überleben.

Joan Baez sang unverdrossen und glaubwürdig.

Sie war glaubwürdiger als Herr Barnheimer, der, dessen war sich Friedrich Gontard sicher, ihm etwas Wesentliches verschwiegen hatte.

18. KAPITEL

Ein unverhofftes Wiedersehen

Alfred Melzer war inzwischen vom Alleingang seines Freundes und Kollegen informiert worden und zeigte sich nach einer ersten verärgerten Reaktion wieder versöhnlich, zumal er bis ins kleinste Detail über den Besuch beim Krösus von Thalkirchen unterrichtet worden war. Eine alte gestandene Freundschaft zerbricht nicht so leicht. Außerdem gestand Melzer seinem Freund zu, dass die Pfalz sein ganz legales Revier war, wenn auch der Fall ein rechtsrheinischer Fall war. Die Kriminalfälle waren in Heidelberg passiert, doch die Spuren führten in die Pfalz. Die rechtsrheinischen und die linksrheinischen Polizeikollegen waren hier gleichermaßen gefordert. Alfred Melzer war dem Freund und Kollegen für die Assistenz dankbar. Er hatte ihn schließlich ausdrücklich darum gebeten, ihm bei den Ermittlungen zu helfen.

Anna war überrascht, denn von Flakscheinwerfergeschäften des Herrn Barnheimer hatte sie nichts gewusst. Viele hatten ihre Leichen im Keller gut versteckt. Ob ihre Eltern davon wussten? Die Elterngeneration schwieg beharrlich, deshalb wurden die Kinder unruhig und wollten sich nicht mehr abspeisen lassen mit leichten Erklärungen. Die Studenten wurden aufmüpfig und unbequem für die ältere Generation. Aber Anna hatte heute keine Lust auf Politik. Eher auf Literatur.

»Friedrich, ich habe zwei Karten für eine Lesung im Haus Buhl.

Esther Rosenbaum, die Lyrikerin. Sie ist Heidelbergerin und in Studentenkreisen sehr bekannt und beliebt.«

Friedrich Gontard fand keine Worte.

»Du siehst ziemlich verdattert aus. Was ist?«

»Ich kenne Esther Rosenbaum ...«

»Woher kennst du sie?«

Er holte tief Luft. »Von einem früheren Fall her. Ich bin ihr auf einer Party begegnet, habe damals aber nicht mir ihr gesprochen.«

Esther Rosenbaum hatte sich in den neun Jahren wenig verändert. Sie sah immer noch aus wie Juliette Gréco, dunkel, aber nun mit grauen Strähnen, interessant, intellektuell.

Nach der Lesung ging Gontard nach vorne ans Pult und ließ sich ihren neuen Lyrikband *Spuren* signieren.

Die Dichterin erkannte ihn sofort und rief erfreut aus: »Wir kennen uns doch? Waren Sie nicht der Kommissar, der damals mit dem Fall des toten Kindes befasst war? Gerne hätte ich mit Ihnen gesprochen auf der langweiligen Party. Sollen wir das nachholen? Gehen wir doch in den Club 1900 auf ein Glas Wein. Oder in die Backmulde?«

Anna kam sich etwas überflüssig vor und verabschiedete sich. Mit der Überheblichkeit der Jugend sah sie in Esther Rosenbaum, der »alten Frau von fünfzig«, keine ernsthafte Bedrohung und ließ die beiden großzügig ihren Wein trinken gehen.

Später im Club sagte Gontard: »Ich habe damals in Pfaffenbronn gedacht, Sie seien die Lea Marx, die vielleicht das KZ überlebt hatte, doch ich dachte es nur kurz, dann haben sich die Ereignisse ja überstürzt.«

»Nein, die Lea Marx war ich nicht. Wussten Sie, dass nur einer aus dem Struthof fliehen konnte?«

»Ja, wir kennen diesen einen.«

»Wir kennen ihn, ja.«

Sie schwiegen eine Weile, jeder seinen Erinnerungen nachhängend.

»Sie wohnen hier, hier in Heidelberg?«, fragte Gontard, eher rhetorisch.

»Ja. Oben im Wald, in der Nähe der Molkenkur. Es ist wunderbar da oben. Stellen Sie sich vor, ich kann sogar von meinen Büchern leben. Und soll ich Ihnen das Geheimnis verraten? Ich glaube, dass ich gut schreibe, aber ich glaube auch, dass ich nicht so erfolgreich wäre, wenn ich nicht Jüdin wäre. Die Deutschen haben was wiedergutzumachen, sie rennen permanent mit einem schlechten Gewissen durch die Weltgeschichte, sie loben uns, weil sie ihr Gewissen beruhigen müssen. Darum war ich auch vor neun Jahren bei jener grässlichen und schicken« – sie lächelte mokant – »Cocktailparty in Pfaffenbronn eingeladen. Als Alibijüdin.«

Gontard fand keine Worte. Esther Rosenbaums Offenheit verblüffte ihn.

»Und von ganz vielen alten Nazis bin ich umgeben«, fuhr sie unverdrossen fort. »Da ist zum Beispiel dieser Valentin Lobenhofer, mein Nachbar, der tut, als könne er kein Wässerlein trüben. Er ist eigentlich auch ganz nett als Nachbar, hilfsbereit und höflich, aber er hat halt mit den Nazis Geschäfte gemacht. Er hat damals diese furchtbaren Bilder gemalt und eine Menge Geld damit verdient im Dritten Reich. Aber warum erzähle ich Ihnen das alles? Nun sind Sie auch ganz schön nervös geworden bei dem Thema. Und sogar blass. Es ist lästig, oder? Entschuldigen Sie, wie taktlos von mir.«

»Das ist es nicht, aber mir war schon den ganzen Abend nicht sehr gut. Ich bin ein wenig überarbeitet. Aber Ihre Lyrik ist sehr ... ich weiß nicht, wie ich es sagen soll ... sehr wahrhaftig. Sehr ehrlich. Sie sollten Ihre Theorie vergessen. Sie werden um Ihrer Kunst willen gemocht, nicht weil Sie Jüdin sind. Ihr Können ist der einzige Grund.«

Während der Heimfahrt wunderte sich Gontard über die Zufälle des Lebens, die vielleicht keine waren. Esther Rosenbaums Hinweis auf Valentin Lobenhofer war ein wichtiges Puzzleteil in den Fällen Mahlsdorff und Weinbauer.

Da war doch mehr an Valentin Lobenhofer, als er hatte zugeben wollen. Von wegen Sonntagsmalerei. Die Tante hatte es schon angedeutet, doch Esther Rosenbaum hatte das Kind in aller Deutlichkeit beim Namen genannt. Lobenhofer hatte Geschäfte gemacht mit den Nazis und stand nicht dazu.

»Ich werde morgen Tante Klaras Verehrer einen Besuch abstatten«, murmelte Gontard, zuhause und in seinem Bett angekommen, und schlief ein.

19. KAPITEL

Bücher

Voller Elan und mit einer gründlichen Portion Neugier fuhr Friedrich Gontard am Tag nach der Lesung zu Valentin Lobenhofers Haus. Vor einem schweren Tor aus Schmiedeeisen blieb er zunächst ein wenig zögerlich stehen. Das Tor war angelehnt, er stieß es auf und sah, dass das Lobenhofersche Haus weit oben auf einer Anhöhe lag, zu der ein von Linden gesäumter Weg in Serpentinen hochführte. Ein ungepflegter Rasen lag zur Rechten und zur Linken, von Buchsbaum und Lorbeerbüschen umrahmt. So vernachlässigt war der Rasen, dass Gontard unwillkürlich ins Grübeln kam über den Grund für diese Vernachlässigung. Er kam zu zwei Schlussfolgerungen. Entweder fehlten Lobenhofer die nötigen finanziellen Mittel, seinen vermutlich alten und ererbten Besitz zu hegen und zu pflegen, oder die Vernachlässigung geschah bewusst und hatte Methode.

Eine gewisse romantische Wirkung konnte man nämlich diesem verwilderten Rasen und überhaupt dem ganzen Garten nicht absprechen. Ganz im Gegenteil. Selten hatte Friedrich Gontard einen solch verwunschenen Zaubergarten mit einer ähnlichen Ansammlung von steinernen Figuren gesehen wie hier. Als er den gewundenen Weg hochging, defilierte eine possierliche Gesellschaft von Putti, pausbackigen Kobolden und Zwergen an ihm vorbei. Die Sockel trugen Jahreszahlen: 1668, 1704, 1723. Doch auch Dämonenhaftes aus der Gotik mischte sich hie und da unter die fröhlich spielende steinerne Schar von Engelchen und Gnomen. Aus welchem Kirchenraub stammten wohl dieser wasserspeiende Höllenhund, dieses bösartig grinsende Schweinsgesicht, diese spitzohrige, schlitzäugige Teufelsfratze mit lüstern herausgestreckter Zunge, diese fauchende Katze aus Stein, die ihm die Krallen entgegenstreckte?

Friedrich Gontard beschleunigte seine Schritte. Und da war auch endlich das Haus. Er klingelte. Es dauerte eine ganze Weile, bis der Hausherr erschien.

»Einen beachtlichen, einen ungewöhnlichen Garten haben Sie hier, Herr Lobenhofer«, sagte Friedrich Gontard halb bewundernd, halb erstaunt.

»Ja, das ist wahr«, erwiderte der Hausherr lakonisch. Mehr kam nicht über seine Lippen.

Valentin Lobenhofer erwies sich überhaupt als viel weniger kooperativ als Ferdinand Barnheimer, und sein Dackel Mephisto, die Situation mit dem Instinkt des Tieres richtig einschätzend, knurrte sogar, als Friedrich Gontard unangemeldet eintrat. Gontard gab keine Erklärung für sein Erscheinen ab als die, dass er gekommen sei, um ein wenig zu plaudern.

Herr Lobenhofer schaute mehr als skeptisch und ermahnte Mephisto, der sich widerwillig in sein Körbchen mit der karierten Decke legte, von seiner Hundevilla aus aber ab und zu einen misstrauischen Blick auf diesen Mann warf, der ihm nicht geheuer war.

Der Wirrwarr, das Durcheinander, das Chaos der Lobenhoferschen Wohnung waren unbeschreiblich. Dies war eine typische Junggesellenwohnung. Bücher lagen stapelweise umher, meist Kunstbücher, dicke Wälzer und viel Antiquarisches in Schweinsleder und von unterschiedlicher Qualität, soweit Gontard dies beurteilen konnte.

»Herr Lobenhofer, Sie wundern sich über mein Erscheinen. Ich mache es kurz: Frau Mahlsdorff hat angedeutet, dass Sie nicht unbeträchtlich verdient haben mit Ihren Bildern während der Dreißigerjahre, die wir alle als ein besonderes Kapitel in der Geschichte kennen. Sie haben ausweichend reagiert, als Frau Mahlsdorff davon sprach. Darf ich fragen, warum?«

Valentin Lobenhofers Gesichtsausdruck wurde mit einem Mal so sonderbar, dass Gontard ihn nicht hätte beschreiben können.

»Herr Gontard, wissen Sie, was es heißt, als verpfuschter Künstler zu gelten, sich selbst immer mehr in Frage zu stellen und an sich zu zweifeln? Sehen Sie, ich hatte bescheidene, wirklich bescheidene Erfolge in der Zeit zwischen den Kriegen, dann vor allem – zugegeben – in der sogenannten braunen Zeit, aber ich war niemals ein Nazi. Lob und Anerkennung sind verführerisch, wie ein Sog ist das gewesen. Die Politik interessierte mich nie, sondern nur meine Kunst, die vielleicht keine große war, aber sie war meine Kunst; und sie wurde eben zeitweise anerkannt. Sie verstehen das nicht, und ich kann es Ihnen nicht vorwerfen. Aber verurteilen Sie mich nicht, wenn Sie mich schon nicht verstehen können. Ich war einer von vielen Künstlern, kleinen und großen, die dem braunen Applaus nicht widerstehen konnten, denken Sie doch nur mal an den berühmten Schauspieler Gustav Gründgens. Denen ging ihre Künstlerkarriere über alles andere. Warum sollte ich da eine Ausnahme gemacht haben?«

Mitleid erregend, so sah Valentin Lobenhofer aus. So schrecklich Mitleid erregend. Das war das Wort, das Gontard gesucht hatte.

»Entschuldigen Sie, Herr Lobenhofer, ich glaube, ich habe Ihre Zeit gestohlen.«

»Aber nein, nur die Pünktlichkeit stiehlt uns die Zeit, wie meine Freundin, Frau Mahlsdorff, gerne zitiert.«

Lobenhofer hatte seine alte Jovialität wiedergefunden.

Mephisto schlief und schnarchte in seinem Körbchen, in seiner gemütlichen Hundevilla mit der karierten Decke. Er führte ein wundervolles Hundeleben und wurde geliebt. Beim Hinausgehen fiel Friedrich Gontards Blick auf einen Stapel Bücher auf der Konsole überm Kamin.

Drei Bücher über Han van Meegeren fielen ihm ins Auge: *Han van Meegeren: Das Fälschergenie*, *Vermeers zweites Ich* und *Der Fall van Meegeren: Genialität und Verbrechen*.

Der Hausherr hatte nichts von alledem gemerkt, denn er sprach mit Mephisto, der gerade aufgewacht war.

Grübelnd entfernte sich Friedrich Gontard. Er musste schleunigst nach Ludwigshafen zurückfahren, denn Fräulein Hunzikers vorwurfsvolle Blicke wurden immer penetranter. Und die Aktenberge, die warteten, wurden immer größer. Alles konnte man sogar als Chef der Ludwigshafener Mordkommission nicht delegieren.

Erst am Abend versetzte er sich noch einmal in die Wohnung zurück mit den vielen Kunstbüchern, und insbesondere den drei Büchern über den Fälscherskandal, aber auch mit den vielen Kunstgegenständen, die ungeordnet und kreuz und quer dalagen oder herumstanden. Eine Schublade hatte offen gestanden, so erinnerte er sich jetzt, darin waren Kunstdrucke, Grafiken und Skizzen übereinandergestapelt, nicht dekorativ aufgehängt, wie man das vermuten sollte. Da wurde offensichtlich gehortet um des Besitzens willen.

Tante Klara hatte ihren alten Verehrer einmal einen Fanatiker genannt, einen besessenen Sammler, der zusammenraffte, was er kriegen konnte. Das Sammeln, eine Sucht wie Babettes Kleptomanie?

Friedrich Gontard ertappte sich dabei, wie er bei dem Gedanken automatisch zur Zigarette griff und sie anzündete. Seine Selbstgerechtigkeit bemerkend, drückte er die Zigarette im Aschenbecher aus, schweren Herzens und einen tiefen Seufzer von sich gebend.

20. KAPITEL

Das Menetekel an der Wand

Als Gontard an diesem Abend zu Bett ging, hatte er das Gefühl, dass er in dieser Nacht nicht gut würde schlafen können, denn eine unbestimmte Frage quälte ihn. Und richtig: Mitten in der Nacht wachte er aus unruhigem Schlaf auf. Da war sie wieder, die quälende Frage, die mit seinem Besuch bei Valentin Lobenhofer und mit den Büchern über den holländischen Fälscherskandal zusammenhing. Valentin Lobenhofer hatte bei einem der Gespräche in der Kaffeerunde der Tantenvilla geleugnet, den Namen Han van Meegeren zu kennen. Warum hatte er es abgestritten, obwohl er gleich drei Bücher über den Fälscherskandal besaß? Wie hatte er, Gontard, dies vergessen können, dieses Leugnen?

Fanatismus, das war der Schlüssel, das musste er sein. Nicht finanzielle Not, wie er beim Anblick des ungepflegten Anwesens zunächst vermutet hatte. Eine Sammlerobsession, die auf Vermeers fixiert war, auch wenn sie unecht waren, eine Obsession, die mit dem Genie van Meegeren zu tun hatte. Die drei Titel schwirrten immer wieder vor Gontards Augen und wurden schließlich, in flimmernder Helligkeit auf und ab tanzend wie Irrlichter, zu einer Feuerschrift an der Wand.

Da war einer, der van Meegerens Genialität bewunderte, so bewunderte, dass er alles täte, um an eine oder sogar zwei Fälschungen von seiner Hand heranzukommen. Ein fanatischer Sammler, der alles in Kauf nähme, um solche Gemälde zu besitzen. Den Tod eines jungen Mädchens und den eines jungen Mannes, der, fanatisch wie er selbst, aber auf andere Art, in seinem Auftrag diese Gemälde gestohlen hatte. Über viele Jahre weg hatte er auf eine Gelegenheit gewartet, in den Besitz der Gemälde zu gelangen, er war geduldig gewesen, mehr als geduldig, doch dann hatte er sich nicht mehr damit zufrieden gegeben, die Bilder ab und zu bei einem seiner Besuche in der Galerie bei Frau Mahlsdorff bewundern zu können. Er musste sie selbst besitzen. Um jeden Preis. Und er fand einen Helfer.

Und plötzlich erinnerte sich Gontard an eine Bemerkung Lobenhofers während einer der gemütlichen Kaffeerunden in der Villa der Tante. Hatte er nicht gesagt, die Gemälde befänden sich in irgendeinem Safe?

Das passte alles wunderbar zu Alfred Melzers Information durch einen Heidelberger Antiquitätenexperten, dass das Diebesgut unmöglich auf dem freien Kunstmarkt zirkulieren könne, zumal so viel Blut daran klebte.

Der Experte tippte auf einen privaten Auftraggeber. Alfred Melzer hatte dann, um sicherzugehen, noch einmal vor zwei Tagen die Runde bei ein paar Antiquitätenhändlern der Stadt gemacht, bei sehr renommierten Händlern, und davon gab es einige in der Universitätsstadt. Fachmännischen Rat konnte man nicht genug einholen. Melzer, der selbst einige Sammlerstücke besaß und ab und zu Auktionen besuchte, wo er zumeist altes Silber und Zinngeschirr und antike Waffen ersteigerte, hatte einen guten Draht zur Antiquitätenszene Heidelbergs.

Alle waren sich in einer Sache einig gewesen: Selbst eine van Meegeren-Fälschung wäre nicht auf dem Kunstmarkt zu vermuten, geschweige denn ein echter Vermeer, denn diese Hehlerware war viel zu heiß nach den beiden Todesfällen. Alle bestätigten, dass ein privater Auftraggeber zu fast hundert Prozent in Betracht kam. Und welche Unmöglichkeit, an einen solchen Privatier heranzukommen!

Das machte Sinn. Die ungelösten Rätsel um das aufgeschlitzte Delftbild, die Umstände von Michael Weinbauers Tod und vieles mehr, alles würde sich morgen klären. Morgen, wenn die Heidelberger Kripo Valentin Lobenhofer verhaften und ihn zum Geständnis bringen würde. Das fehlende Gemälde würde in Lobenhofers Safe gefunden werden. Die Tante würde hocherfreut sein, ihr Mädchen mit dem Lichtscheffel und dem zerbrochenen Krug wieder in die Galerie hängen zu dürfen. Den Verlust des anderen Bildes würde sie verkraften und sie würde, großzügig wie sie war, verzeihen, nicht eher davon informiert worden zu sein, dass man es zerstört hatte. Der nächste Tag würde Klarheit bringen.

Das Menetekel an der Wand erlosch, und Friedrich Gontard schlief tief und fest, bis um sechs Uhr früh der Wecker klingelte.

21. KAPITEL

Die Suche

Die Heidelberger Kripo nahm Valentin Lobenhofer fest und durchsuchte die Wohnung, wie selten eine Wohnung durchsucht worden war, denn kein Eckchen, kein Millimeter der Wände wurde ausgespart. Man wusste, wonach man suchte: nach einem geheimen Safe, in dem ein gestohlenes Gemälde lag. Das Gemälde war höchstwahrscheinlich eine Fälschung, aber eine geniale Fälschung, von keinem Geringeren als Han van Meegeren angefertigt, der sogar Hermann Göring, dem Obernazi und Kunstfanatiker, einen »echten Vermeer« angedreht hatte, das Bild *Christus und die Ehebrecherin.*

Es wurde kein Safe gefunden. Valentin Lobenhofer, der während des stundenlangen Verhörs immer wieder beteuerte, er sei unschuldig, musste noch am selben Tag aus Mangel an Beweisen freigesprochen werden.

Friedrich Gontard verstand die Welt nicht mehr und vor allem nicht sich selbst. Anna versuchte – vergeblich –, ihn zu trösten.

Und Valentin Lobenhofer schloss glücklich sein Hündchen Mephisto in die Arme, das den Tag in Tante Klaras Obhut verbracht hatte.

22. KAPITEL

Eine Enthüllung

Zerknirscht und beschämt entschuldigte sich Friedrich Gontard bei seinem Freund Alfred Melzer, der zusammen mit seinen Leuten die Voreiligkeit des Freundes hatte ausbaden müssen und sich gründlich blamiert hatte.

Dann fuhr er zum Haus Valentin Lobenhofers zur Molkenkur hoch, um sich in aller Form auch bei ihm zu entschuldigen.

»Sie können nicht jeden Bewunderer Han van Meegerens zum Dieb und Mörder machen, Herr Gontard«, sagte Lobenhofer. »Es gibt deren viele. Er war ja in allen Zeitungen damals, Ende der Vierzigerjahre. Ich bewundere ihn, weil er ein Könner war. Stellen Sie sich vor, wie er die gesamte Kunstwelt an der Nase herumgeführt hat. Van Meegeren und ich haben etwas gemeinsam. Wir haben beide mit den Nazis Geschäfte gemacht, ohne selbst Nazis zu sein. Glauben Sie mir: Der Künstler ist doch in erster Linie Künstler.«

Friedrich Gontard hatte dazu allerdings eine differenziertere Meinung, aber er hatte einiges gutzumachen bei diesem Mann. Er verkniff sich einen deutlichen Kommentar und schwieg.

Lobenhofer hatte wohl Gontards skeptischen Blick bemerkt und erklärte weiter: »Künstler sind viel zu privat, um politisch zu sein. Es gibt unzählige Beispiele dafür. Obwohl ich von mir nie behaupten würde, van Meegeren das Wasser reichen zu können. Er war ein Meister.«

Er lachte. Offensichtlich war Lobenhofer kein nachtragender Mensch.

»Wenn man bedenkt, dass er im Gefängnis zum Beweis malte und aus primitivsten Mitteln das typische Vermeergelb herstellte ...«

»Aus Abführmitteln, ja, das ist bekannt. Wir haben neulich bei Frau Mahlsdorff darüber gesprochen«, unterbrach Gontard. »Glauben Sie, dass die beiden gestohlenen Gemälde von van Meegerens Hand sind?«

»Ich bin mir dessen fast hundertprozentig sicher, und Frau Mahlsdorff, glaube ich, auch, aber wir wissen ja beide, dass sie diesbezüglich tiefstapelt. Das Untertreiben ist ihre Alarmanlage. Nun ja, leider hat diese Alarmanlage nicht so gut funktioniert.« Dann fügte er hinzu: »Das arme junge Ding mit der Kriegsbemalung um die Augen, diebische Elster hin, diebische Elster her, und auch der arme junge Mann, wie verstrickt er auch gewesen sein mag. Und dann der Selbstmord seiner bedauernswerten Mutter. Haben Sie ernsthaft geglaubt, ich sei fähig, Menschenleben zu vernichten? Und haben Sie im Ernst geglaubt, ich hätte Frau Mahlsdorffs Hund töten können?«

Es entstand eine kleine Pause, und Valentin Lobenhofer fuhr fort: »Ich weiß sehr wohl, Herr Kommissar, dass meine Sammlerei nur ein Ersatz ist. Ich war nur ein mittelmäßiger Maler, und ich habe den falschen Leuten gefallen, damals.«

Er nahm ein Tässchen aus einer Vitrine und strich liebevoll über das mit Chinoiserien bemalte Porzellan.

»Das ist Meißen, 18. Jahrhundert.«

Er drehte die Tasse vorsichtig um und zeigte Gontard die Marke mit den gekreuzten Schwertern.

»Gemalt von Johann Gregorius Höroldt, dem berühmten Porzellanmaler. Nennen Sie es eine Sucht, ja, aber es gibt schlimmere Süchte als die des Antiquitäten- und Kunstsammelns. Und meine

Sammelleidenschaft ist so hübsch und harmlos. Sie tut mir gut und keinem weh.«

Damit stellte er das Meißner Tässchen behutsam in die Vitrine zurück.

»Ja, wenn ich meine Tässchen und Pretiosen nicht hätte und dann natürlich meinen Mephisto. Es bleibt einem nicht viel, wenn man alt ist. Das werden Sie in dreißig Jahren verstehen.«

Gontard fühlte sich wie ein Schuft. Wenn er je das Gefühl gehabt hatte, kein bisschen Menschenkenntnis zu besitzen, dann in diesem Augenblick.

Valentin Lobenhofer reichte ihm die Hand, und damit strich ihn Gontard endgültig von seiner Liste der Verdächtigen. Dass auch Dackel Mephisto ihm seinen Irrtum verziehen hatte, bewies das heftige und freudige Schwanzwedeln, als Gontard über das nicht mehr ganz so glänzende Fell des alten Hundes strich.

Anschließend setzte Gontard die Runde seiner Canossagänge fort.

Tante Klara musste besänftigt werden, denn sie hatte die Nachricht von der Festnahme ihres langjährigen Freundes mit Entsetzen und Empörung aufgenommen. Den Dackel Mephisto hatte sie nichtsahnend tagsüber gehütet. Mit einer Notlüge hatte Anna ihr das Tierchen gebracht: Herr Lobenhofer habe Dringendes zu erledigen und bäte seine Freundin, Mephisto indessen aufzunehmen. Sie hatte sich auch nichts weiter dabei gedacht, denn sie hatte den Dackel schon oft betreut, aber als sie am Abend von dem Verhör erfuhr, kannte ihre Empörung keine Grenzen.

Friedrich Gontard würde viel Fingerspitzengefühl brauchen, um Frau Mahlsdorff zu besänftigen.

Da ihm nach einem Spaziergang zumute war und er dabei noch ein wenig würde nachdenken können, parkte er seinen VW Käfer an der Neuenheimer Brücke und schlenderte in Richtung Tantenvilla. Es war ein wunderschöner, fast schon sommerlicher Tag. Viele junge Leute, wohl meist Studenten, lagerten auf der Neckarwiese und ließen sich von der Sonne bescheinen. Eine lässige, müßiggängerische, wundervoll verführerische Stimmung von Trägheit lag in der Luft.

Ein älteres amerikanisches Ehepaar, beide in Shorts und beide übergewichtig, watschelte vor Gontard her, mit mehreren schweren Fotoapparaten behängt. Gontard wunderte sich immer wieder darüber, dass es die Klischees leibhaftig gab, immer und überall.

Direkt hinter ihm gaben zwei Heidelbergerinnen in unverwechselbarem Eingeborenenidiom einige nicht gerade schmeichelhafte Bemerkungen über die Studenten ab:

»Do unne aale sie sich widder, die Schdudente. Entwedder sie demonschdriere oder sie poussiere oder sie faulenze uff de Neckarwies. Unn alles vunn unsere Schdeuergelder. Alles Kommunischde unn vunn Russland gelenkt.«

Sie waren nicht mehr zu bremsen.

»Unn die Schdudenteweiber mit ihre kurze Röck. Schamlos. Do sieht mer faschd bis obbe nuff.«

Gontard dachte an Annas Beine, lang und miniberockt, und er grinste in sich hinein.

Ein junges Pärchen lag eng umschlungen am Wiesenhang links und vergaß küssend die Zeit. Das Mädchen hatte blonde lange Haare, in der Mitte gescheitelt. Auch der junge Mann hatte längere Haare.

»Die Langhoorische, guck sie dir aa«, kam eine weitere abfällige Bemerkung hinter Gontards Rücken.

Die Heidelberger Bevölkerung schien schon einmal ein besseres Verhältnis zu ihren Studenten gehabt zu haben als jetzt.

Das ist wahrscheinlich erst der Anfang, mutmaßte Gontard, der sich in letzter Zeit lieber mit der Zukunft als mit der Vergangenheit befasste. In Gedanken versunken, die Hände in den Hosentaschen, schlenderte er an den Menschen entlang.

Als er in der Villa ankam, wurde er von einer sichtlich aufgebrachten Tante Klara empfangen.

»Sie können nicht jeden Kunstliebhaber, der ein paar Bücher über van Meegeren besitzt, als Dieb und Mörder festnehmen. Wo kämen wir da hin?« So ähnlich hatte es auch Valentin Lobenhofer formuliert.

Gontard bekräftigte eindringlich, wie sehr er seine Voreiligkeit bedauerte, doch Tante Klara war immer noch in Fahrt. So großzügig sie war: Ihren lieben Freund Lobenhofer zu verdächtigen, gestohlen und gemordet zu haben, dies war doch wahrhaftig ein allzu starkes Stück.

»Jeden, der meine Bilder oben in der Galerie mag, könnten Sie verdächtigen. Warum nicht meine gute Frau Mußgnug, die liebevoll die Bilder abstaubt, oder Emil Feigenbutz, der sie auch schon bewundert hat. Vor allem das Mädchen mit dem Krug und dem Licht mochte er.«

Und ein bisschen ironisch fügte sie hinzu: »Das ist doch der klassische Täter, der Gärtner, oder?«

Sie schnaubte vor Empörung und war nicht zu beruhigen.

»Warum verdächtigen Sie nicht auch Herrn Barnheimer, den Kunstliebhaber aus der Pfalz?«

»Sie kennen sich, Herr Barnheimer und Sie? Sie waren in Thalkirchen?« Gontard rang um Fassung. »Sagte Anna nicht, Sie würden niemals in die Nordpfalz fahren, weil Sie das Landleben hassen?«

»Das stimmt auch. Nach Thalkirchen? In dieses Nest. Ich? Niemals«, entgegnete sie mit der ganzen Verachtung der eingefleischten Stadtdame für das Land. »Nichts als Langeweile und Unkultur und nur das Muhen der Kühe. Entsetzlich. Wie meine Nichte, Annas Mutter, dies aushält, wo sie doch auch eher städtisch ist, das weiß der Teufel. Sie hatte viele Heiratschancen. Ein angehender Regierungsrat gehörte zu ihren Anbetern und ein Zahnarzt und ein Architekt. Man stelle sich das mal vor. Und dann nimmt sie den vierschrötigen Pfarrer. Aber egal, sie ist ja wohl nicht ganz unglücklich mit ihrem fränkischen Rauschebart. Ich war überrascht über diesen Gentleman aus der pfälzischen Provinz, Herrn Barnheimer. Er hat mich nur einmal besucht, so vor etwa zwei Jahren. Er hatte geschäftlich in Heidelberg und in Mannheim zu tun, wie er mir sagte, und da hat er die ganz spontane Idee gehabt, die städtische Großtante der Pfarrersfamilie zu besuchen, von der er viel Gutes gehört hatte.«

Noch in der Erinnerung geschmeichelt, fuhr sie fort: »Ein so netter, kultivierter Mann, und sein Cockerspaniel verstand sich so gut mit Oscar.«

Sie wurde wehmütig, als sie an die vergangene Hundeidylle dachte, aber nach Tante-Klara-Art riss sie sich aus ihrer Gefühlsduselei und redete weiter.

»Meine Gemäldegalerie im dritten Stock gefiel ihm besonders gut, und das Mädchen mit dem Licht unterm Scheffel und dem Krug betrachtete er lange, ebenso das Delfter Straßenbild. Ich erzählte ihm, dass mein Mann die Bilder aus Holland mitgebracht hatte und dass er sie als verschollene Vermeers gekauft hatte. Herr Barnheimer aber machte mich schonend darauf aufmerksam, dass es sich seiner Meinung nach um Fälschungen handele und dass ich mir keine Illusionen machen sollte. Dann studierte er noch lange die Vanitasdarstellungen, die Stillleben und die restlichen holländischen Bilder, und er schloss, das weiß ich noch ganz genau, mit den Worten: ›Diese Gemälde, wenn auch von relativ unbekannten Holländern gemalt, sind tausendmal wertvoller als diese beiden falschen Vermeers.‹ Er bat mich, ihm seine Offenheit zu verzeihen, aber er kenne sich etwas aus. Kommen Sie nun nicht auf die fatale Idee, auch Herrn Barnheimer zu verdächtigen. Außerdem: Wenn er gestohlen hätte, dann bestimmt nicht die beiden Fälschungen. Das muss sowieso ein Stümper oder ein Perverser gewesen sein, der meine Vermeers gestohlen hat. Mehr als einen ideellen Wert haben die doch nicht. Einen ideellen Wert einzig und allein für mich, wegen Hans ...«

Sie wurde wieder wehmütig in der Erinnerung an ihren Hans selig, doch gleich darauf schaute sie Friedrich Gontard trotzig an.

»Nein, nein, bestimmt nicht, Frau Mahlsdorff, eine Blamage genügt«, beteuerte Gontard.

Die Tante, allmählich besänftigt, lud Gontard zu einer Tasse Tee ein, was eine deutliche Versöhnungsgeste war. Das Kriegsbeil war begraben. Gontard nahm der Höflichkeit wegen an, obwohl ihm nicht nach Tee zumute war, aber er verabschiedete sich bald mit der Erklärung, er habe viel zu tun in Ludwigshafen. Er wollte sich vorläufig nicht mehr mit den Heidelberger Fällen befassen und diese seinem Kollegen Alfred Melzer und dessen Leuten überlassen.

Ferdinand Barnheimer war also vor zwei Jahren bei Großtante Klara in Heidelberg gewesen, offensichtlich wusste Anna nichts davon, und alles war ein Rätsel und verschwand hinter einer Nebelwand.

Er ging zu seinem Auto an der Neuenheimer Brücke zurück und fuhr nach Ludwigshafen in sein Büro. Der Kellner aus Schifferstadt war geständig gewesen, und wenigstens diesen grässlichen Fall würde er abschließen können. Mord aus Eifersucht, ein glasklares Motiv, gleich zwei Zeugen, die man auf wundersame Weise hatte ausfindig machen können, unumstößliche Indizien, jeder Irrtum ausgeschlossen. Ein Erfolg auf der ganzen Linie, dabei hatte er, Gontard, nicht viel beitragen müssen zur Aufdeckung des grauenvollen Eifersuchtsmordes. Alles hatte sich mühelos von selbst ergeben.

Warum wurde der Heidelberger Fall dafür immer mysteriöser?

23. KAPITEL

Der hellgelbe VW Käfer

Über Akten brütend und gelegentlich fragende Blicke von Fräulein Hunziker erhaschend, arbeitete sich Friedrich Gontard durch den Nachmittag hindurch.

Da klingelte zum hundertsten Mal das Telefon, Gontard nahm genervt ab und rief gleich darauf erfreut:

»Anna, du?«

Fräulein Hunziker tat gleichgültig und beugte sich demonstrativ über ihren Aktenordner.

Anna fragte Gontard, ob der alte Herr nicht aus seinem Fuchsbau kriechen wolle, denn es gäbe einen Grund zum Feiern: Ihre Seminararbeit würde sehr gut bewertet werden, der gutmütige alte Professor habe es ihr im Vertrauen gesagt, die endgültige Korrektur stünde noch bevor, aber er sei entzückt gewesen und sie dürfe mit summa cum laude rechnen. Und es gäbe auch einen Grund zum Trösten, er wisse schon, die Sache mit Valentin Lobenhofer, aber er solle sich nicht mehr grämen, sie liebe ihn auch, obwohl er nicht ganz der perfekte Sherlock Holmes sei … Ob er die *Lupe* kenne, die Studentendisco an der Heiliggeistkirche? Da könne man auch als »gesetzterer älterer Herr« hingehen, denn darin sei es fast stockdunkel.

Gontard musste an der Stelle mit der stockdunklen Disco, in welcher der alte Herr nicht weiter auffallen würde, laut lachen.

Fräulein Hunziker kniff die Lippen zusammen und blätterte eifrig in ihrem Aktenordner.

»Zeit?«, fragte Gontard.

»Um zwanzig Uhr an der Heiliggeistkirche. Wo man eben Pfarrerstöchter so trifft.«

»Einverstanden. Auf Wiedersehen.«

Sollte Fräulein Hunziker nur rätseln.

Gontard öffnete die Schreibtischschublade. »Eine Praline gefällig, Fräulein Hunziker?«

»Nein, danke. Ich bin gerade auf Diät. Nichts Süßes vor allem«, war die schroffe Antwort. Sie schob die Brille zurecht und tippte weiter.

Die *Lupe* an der Heiliggeistkirche war noch dunkler, als Gontard es sich vorgestellt hatte. Eine Partykugel warf zwar ab und zu ihre silbrig tanzenden Vierecke auf dieses und jenes Paar, doch hier konnte man wunderbar sein Inkognito bewahren.

Als das Paar die Disco – besser gesagt die Höhle – betrat, sangen *The Who* gerade *I'm a boy*. Süßlicher Haschischduft lag in der Luft.

»Da wird man ja schon vom Einatmen high«, sagte Gontard. »Aber ich bin heute als Privatmann hier und will keine Razzia veranstalten. Jedenfalls interessant. Dass ich das noch erleben darf auf meine alten Tage.«

Dann flüsterte er in Annas Ohr: »Sieht man mir den Bullen sehr an?«

»Nein, sonst hätte ich dich nicht mitgenommen. Du könntest gut und gern einer dieser amerikanischen Gastprofessoren sein, die prinzipiell immer was mit ihren Studentinnen haben. Ganz lässig gekleidet, mit einem weißen Rolli und so. Typisch.«

»Wenn ich mich nicht schon verliebt hätte in dich, würde ich es jetzt tun«, flüsterte Gontard in Annas Ohr. Dabei zog er Anna, soweit das möglich war, noch enger an sich heran.

Man merkt, wenn man angestarrt wird, sogar in einem fast dunklen Raum. Sogar bei halb geschlossenen Augen. Gontard versuchte zu erkennen, woher die Blicke kamen und wer es war, der ihn und Anna fixierte. Seine Augen hatten sich nun an die Dunkelheit gewöhnt, und er erschrak.

Schwarzumrandete Waschbäraugen starrten ihn aus dem Dunkel der Disco an. Jetzt sah er auch schon Gespenster wie Anna neulich vor dem Kino in der Brückenstraße. Babette war tot. Aber dann strengte er sich an, um noch deutlicher zu sehen, und er merkte, dass das Gesicht sich weggedreht hatte. Es war irgendeines dieser schwarzhaarigen Mädchen. Das war einfach Mode. Entweder sie waren dunkel und sahen aus wie Liz Taylor, oder sie hatten diese Mittelscheitelfrisuren und waren blond.

Gontard zog Anna mit sich zur Theke, wo sie einen Martini tranken, und er hatte die mysteriösen Augen schon vergessen, als er auf einmal wieder diese fixierenden Blicke spürte. Er war sich sicher, angestarrt zu werden.

Er erkannte schemenhaft ein Gesicht, das ihm irgendwie bekannt vorkam. Aber er konnte sich nicht mehr daran erinnern, wo er dem Mann begegnet war. Er behielt seine Beobachtung für sich, zumal der Unbekannte jetzt wegschaute und sich seiner Begleiterin, einem blonden Mädchen, zuwandte. Die beiden knutschten, und nun war es an Gontard, wegzuschauen.

War dies das junge Paar von der Neckarwiese heute Mittag? Vielleicht hatte er sich geirrt. Er irrte sich sehr oft zurzeit. Wahrscheinlich hatte er sich auch nur eingebildet, angestarrt worden zu sein. Trotzdem war Gontard auf einmal unkonzentriert, der Zauber war gebrochen. Zudem erklang nun die ganze Zeit über Jazzmusik, die Anna überhaupt nicht mochte.

»Lass uns gehen«, sagte sie. »Ich glaube, an meiner Schreibmaschine ist wieder etwas defekt.«

»Schon wieder die Walze?«, grinste Gontard.

»Nein, ich glaube, diesmal ist es die Tastatur.«

»Die Tastatur. Das klingt vielversprechend. Komm, wenn wir schon von Tasten sprechen, dann tasten wir uns mal zum Ausgang.«

Anna stieg mit ihren langen Beinen über einige halb am Boden liegende Liebespaare hinweg.

»Die Unmoral der heutigen Jugend«, sagte sie in einem pseudomoralischen Tonfall zu Gontard. »Das hätte es in meiner Jugend nicht gegeben.«

Sie gingen zum Parkplatz und zu Gontards VW Käfer, der hellgelb aus dem Dunkel hervorstach. Als Gontard den Wagen öffnen wollte, stutzte er.

»Na, so was, das ist ja gar nicht meiner.«

Jetzt erst bemerkten sie, dass dieses Modell exakt das gleiche Modell war wie Gontards Auto. Doch das Nummernschild war keines aus Ludwigshafen, sondern eines aus Heidelberg. Das Kennzeichen HD-S-666 war so lustig, dass es auffiel.

»S-666 ... klingt wie Ssssex«, sagte Anna. »Ein symbolisches Kennzeichen.«

Sie fanden den gelben Käfer, den richtigen diesmal, und fuhren in die Nacht.

24. KAPITEL

Franz Aschenbach

Am nächsten Tag fuhr Friedrich Gontard nach Dienstschluss von seinem Büro aus zur Uni Heidelberg, um sich mit Anna zu treffen.

Er war am Hauptportal der Neuen Universität angekommen, um Anna abzuholen. Sein Blick ging nach oben zur Inschrift über dem Eingang: *Dem lebendigen Geist.*

Und plötzlich sah sich Friedrich Gontard wie in einer Rückblende etwa dreißig Jahre zurückversetzt, als er schon einmal hier gestanden hatte. Er war damals ungefähr zwölf Jahre alt gewesen, die Haare streng gescheitelt, in Lederhosen, und er hatte hochgeschaut zu dem Spruch: *Dem deutschen Geist.*

Er hatte damals die Heidelberger Verwandten besucht, er war ein blonder Hitlerjunge gewesen und hatte zu seinem Glück noch nicht gewusst, dass er drei Wochen später, in einem Ferienlager der Hitlerjugend auf der Insel Rügen, halbtot geschlagen werden würde, weil er zum morgendlichen Appell nicht erschienen und stattdessen, die Decke übers Gesicht gezogen, im Bett liegen geblieben war.

Der brutale Gruppenführer, der ihn mit dem Gürtel traktiert hatte, die metallene Gürtelschnalle, die eine bleibende Narbe auf seinem Rücken hinterlassen hatte, die anderen, die feixend dem Schauspiel zugeschaut hatten, alles war auf einmal wieder greifbar nahe. Anna hatte einmal, als sie zusammen waren, den Narbenwulst auf seinem Rücken entdeckt und war mit den Händen zärtlich darübergestreift.

Dem deutschen Geist, erinnerte sich Gontard, dem deutschen Ungeist.

Ein Schwarm von fröhlich plaudernden Studenten quoll aus dem Gebäude und riss ihn jäh aus seinen schlimmen Erinnerungen.

Anna ließ auf sich warten. Die Uhr der Alten Universität zeigte fünf. Da erst merkte Friedrich Gontard, dass er eine ganze Stunde zu früh gekommen war. Er würde die Zeit nutzen und noch ein wenig in der Altstadt bummeln.

In der Steingasse sah er sich die Auslagen eines Antiquitätengeschäfts an. Auf einem schönen alten Ladenschild stand zu lesen: *Franz Aschenbach. Antiquitäten An- und Verkauf.* Einer spontanen Eingebung folgend betrat Friedrich Gontard den Laden.

Die Glocke schellte. Drinnen roch es angenehm nach Antiquitätenwachs. Es dauerte eine Weile, bis sich der Geschäftsinhaber bequemte, zu erscheinen.

Dies war ein Antiquitätengeschäft allererster Güte. Friedrich Gontard bemerkte, dass das Angebot an Gemälden überproportional groß war, neben vielen barocken Engeln, Heiligen, Madonnen, Tabernakelsekretären, Vitrinen und bauchigen Comtoiseuhren mit schweren Lyrapendeln aus Messing. Die Neureichen im Wirtschaftswunderland waren zurzeit ganz versessen auf alles, was mit Barock zu tun hatte.

Ein lautes Räuspern kündigte endlich das Erscheinen des Antiquitätenhändlers an. Er war ein sehr großer Mann um die sechzig, der, ein wenig stiernackig, mit verdrießlichen Hängebacken und glattem, schütterem, fast ergrautem Haar, nicht gerade ermutigend auf Friedrich Gontard wirkte.

Beim Nähertreten wurde sein mürrischer Gesichtsausdruck freundlicher, und er fragte, ob er behilflich sein könne.

»Ich möchte mich ein wenig umsehen«, gab Gontard zu verstehen.

»Aber gerne. Suchen Sie nach einem bestimmten Objekt?«, fragte der Händler, und er fügte überflüssigerweise hinzu, da die barocke Epoche hier offensichtlich das Monopol bildete: »Nach einer bestimmten Epoche?«

»Ich sammle Gemälde«, log Friedrich Gontard. »Und – lachen Sie mich bitte nicht aus – ich sammle vorwiegend, das ist wirklich eine Marotte von mir – ich sammle Fälschungen.«

Anstatt ihn wegen des Sakrilegs hochkant aus dem Laden zu werfen, wurde der Antiquitätenhändler Franz Aschenbach plötzlich um einige Grade freundlicher und geradezu beflissen.

»Da sind Sie keine Ausnahme. Ich habe immer wieder Kunden, die sich für Fälschungen interessieren. Dafür gibt es eine gewisse Klientel. Die Kunstwelt kennt exzellente Beispiele von hochwertigen Fälschungen.« Er zögerte. Nun nennt er gleich den Namen Han van Meegeren, ging es durch Friedrich Gontards Kopf. Aber Franz Aschenbach nannte den Namen nicht.

»Ich habe zufällig letzte Woche ein interessantes Stück hereinbekommen. Wollen Sie das mal ansehen? Das Gemälde hängt im Nebenraum.«

Der Händler ging mit kurzen Schritten, komisch anzusehen bei einem so großen Mann, und mit sehr nach außen gestellten Füßen in besagten Nebenraum. Ein Riesengemälde, sehr lang und nicht sehr hoch, stellte eine jener schwülstigen orientalischen Szenen dar, wie sie in der zweiten Hälfte des 19. Jahrhunderts gerne gemalt worden waren. Gontards Großeltern hatten ein ähnliches Bild besessen, darum fragte er: »Ist das ein Makart?«

»Ganz nah dran, mein Kompliment. Es ist eine Makart-Fälschung. Signiert mit Ernst Eichler, nach Hans Makart. Als echter Makart würde es dreißigtausend Mark kosten, so kostet es nur dreitausend

Mark. Es ist eine sehr gute Arbeit. Eine ehrliche Fälschung sozusagen, so absurd es auch klingt.«

Friedrich Gontard musste sehr an sich halten, um nicht zu lästern. Derlei Schwulst war nicht nach seinem Geschmack, aber er beeilte sich zu sagen: »Ja, ein schönes Objekt, aber der Makart-Stil ist nicht so mein Sammelgebiet. Ich bevorzuge die Holländer.«

Ob Franz Aschenbach den Köder, den offen gestanden sehr plumpen Köder, schlucken würde? Er tat nichts dergleichen. Der Name Han van Meegeren kam immer noch nicht über seine Lippen.

»Damit kann ich im Augenblick gar nicht dienen, tut mir Leid«, sagte er höflich, aber bestimmt. Er musterte diesen merkwürdigen Kunden mit einem etwas lauernden Blick.

Plötzlich kam aus dem Halbdunkel des Ladeninneren ein kleiner weißer Pudel hereingetrippelt, sehr gepflegt, und eine leicht feminine Männerstimme rief nach einem »Micki! Michelangelo!«. Damit war wohl der Pudel gemeint, denn der folgte brav dem Ruf des Herrchens und verschwand in der Ladenkulisse. »Franzl, wo soll ich den Barockspiegel jetztert aufhängen?«, ließ sich die Stimme, die einen österreichischen Akzent hatte, aus dem Hintergrund aufs Neue vernehmen.

»Gleich, Theo, ich komme sofort.« Aber Theo kam schon angeschwebt, in der Hand einen Barockspiegel, den er auf einem Sekretär ablegte. Er warf »dem Franzl« einen leicht vorwurfsvollen Blick zu und setzte sich. Friedrich Gontard war verblüfft, denn dieser Theo war der bestaussehende junge Mann, den er je zu Gesicht bekommen hatte. Ein hellblonder Narziss, ein niemals alternder, wunderschöner *Dorian Gray*.

»Neben den Frankfurter Schrank hängen wir den, klar«, sagte Franz Aschenbach kategorisch mit Blick auf den Spiegel. »Der Herr sucht Fälschungen. Geniale Fälschungen aus dem Goldenen Zeitalter der Holländer«, fügte er in seiner harschen Stimme hinzu. »Fehlanzeige momentan. Aber Sie können mir Ihre Adresse geben, dann benachrichtigen wir Sie, falls etwas ... Holländisches ... eintreffen sollte.« Letzteres sagte er sehr spitz. Theo schaute intensiv auf seinen Barockspiegel, wie es Gontard schien.

»Gut, dann nehme ich eins von Ihren Kärtchen«, beeilte sich Friedrich Gontard zu sagen. »Ich melde mich wieder bei Ihnen. Ich habe ab und zu in Heidelberg zu tun. Geschäftlich.« Er schnappte sich eine der edlen dunkelgrünen Visitenkarten mit Goldprägung, die rechts von der Eingangstür auf einem Silbertablett lagen. »Herzlichen Dank.«

»Keine Ursache, mein Herr«, erwiderte Aschenbach. »Dann bis bald.«

Er hatte zu seinem hängebackigen, mürrischen Gesichtsausdruck zurückgefunden. Hatte er das geheuchelte Interesse seines Kunden an gefälschten Gemälden durchschaut?

Friedrich Gontard war der letzte Kunde. Aschenbach verriegelte hinter ihm die Tür.

Als Gontard vom Trottoir aus noch einmal in den Laden blickte, sah er, wie die beiden in den hinteren Räumen verschwanden. Theo schwebend, der Antiquitätenhändler mit kleinen Schritten und nach außen gestellten Füßen. Der Barockspiegel, konstatierte Friedrich Gontard amüsiert, lag noch auf dem Schreibsekretär.

Als er die Steingasse zur Heiliggeistkirche hochging, um nach rechts zur Uni hin abzubiegen, fragte er sich insgeheim, welcher Teufel ihn geritten hatte, sich als Sammler von Fälschungen auszugeben. Vielleicht hatte er den Bogen überspannt, und bestimmt würde Franz Aschenbach nun gerade keine holländische Hehlerware ankaufen. Warum war der Name Han van Meegeren nicht gefallen? Viele Fragen beschäftigten Friedrich Gontard, doch ein Blick auf die Turmuhr der Heiliggeistkirche sagte ihm, dass er sich eilen müsse. Er kam gerade rechtzeitig, um Anna, die das Hauptportal verließ, in die Arme zu nehmen.

25. KAPITEL

Licht

Da die Ermittlungen in den beiden Fällen um den Villeneinbruch und die beiden Toten wieder einmal stagnierten, widmete sich Gontard in den nächsten drei Tagen ganz seiner Arbeit in Ludwigshafen, was ein Lächeln der Genugtuung auf Fräulein Hunzikers Altjungferngesicht zauberte. Hatte er etwa Schluss gemacht? Das war aus ihrem zufriedenen Lächeln zu lesen. Umso mehr erschrak sie, als Gontard auf das Telefonklingeln hin den Hörer abnahm und erfreut rief: »Anna!«

Anna hatte eine seltsame Nachricht für Friedrich Gontard. Ihre Mutter hatte angerufen und gefragt, ob er, Friedrich, gestern am frühen Abend in Thalkirchen gewesen sei, denn das Dienstmädchen Erna habe darauf schwören können, beim Milchholen einen gelben VW Käfer mit Heidelberger Kennzeichen im Dorf gesehen zu haben. Das Auto war zu Herrn Barnheimers Villa gefahren. Sie, Anna, habe aber ihrer Mutter gesagt, ein Heidelberger Kennzeichen habe Friedrich gar nicht, sondern ein Ludwigshafener. Ja, habe ihre Mutter gesagt, vielleicht habe sich Erna getäuscht, es war schon am Dunkelwerden, als sie das Auto gesehen habe.

Die Mutter habe dann erwidert, sie hätten sich auch schon gewundert im Pfarrhaus, dass Friedrich nicht wenigstens auf einen Sprung hereingeschaut hatte, wenn er es wirklich gewesen wäre.

»Das war nicht ich, Anna, das ist doch klar. Ich muss nun aber arbeiten. Danke für den Anruf. Heute Abend komme ich vorbei, aber nicht vor neun.«

Fräulein Hunziker hatte wieder etwas zu rätseln. Gontards Stimme hatte überrascht und nicht sehr freundlich geklungen. Und doch: Sie hatten ein Rendezvous heute Abend. Sie verstand dieses Liebesverhalten der heutigen Jugend wirklich nicht mehr. Nun denn, bei ihrem Chef konnte man nicht einmal von Jugend reden. Diese Ausrede hatte er mit seinen zweiundvierzig Jahren beileibe nicht mehr. Sie selbst war nur ein Jahr älter.

Friedrich Gontard übte sich im gleichgültig Aussehen, dabei brodelte es in seinem Innern.

Ein hellgelber VW Käfer war in Thalkirchen aufgetaucht gestern Abend, der nicht der seine war, und er hatte ein Heidelberger Kennzeichen.

Und plötzlich fiel der ersehnte Lichtstrahl in einiges, wenn auch nicht in alles, und diesmal war sich Gontard sicher, dass er sich nicht irrte.

Er sprang so hastig auf, dass Fräulein Hunziker zusammenschrak, und er sagte: »Ich muss in einer dringenden Angelegenheit weg. Bis morgen früh, Fräulein Hunziker. Sie haben viel gearbeitet, sehr viel. Sie können auch bald gehen. Ich wünsche Ihnen einen wunderschönen Feierabend. Ruhen Sie sich so richtig von mir aus.«

Und er war schon zur Tür hinaus.

Dieser Chef sorgte immer wieder für Überraschungen. Langweilig wurde es in diesem Kommissariat nie. Allerdings ruinierte man sich mit so einem sprunghaften Chef die Nerven.

Apropos Nerven. Das verlangte dringend nach Nervennahrung. Fräulein Hunziker ging an Gontards Schreibtisch, zog die Schublade auf, schaute bei alledem ein wenig schuldbewusst drein, stibitzte dann aber eine Praline, schloss die Schublade und setzte sich mit Unschuldsmiene wieder an ihre Schreibmaschine.

26. KAPITEL

Thalkirchen

Der Pfälzerwald, immer wieder schön, dachte Friedrich Gontard, als er nach Thalkirchen fuhr. Vorher hatte er Anna angerufen und das Treffen am Abend abgesagt. Zu viel Arbeit. Akten durchzusehen zu Hause, morgen würde er sich wieder melden. Anna hatte diesmal leicht ärgerlich reagiert und gleich aufgelegt. Sein schlechtes Gewissen plagte ihn, aber er würde alles erklären und aufklären können. Hoffentlich. Er hoffte wirklich, nicht wieder zu voreilige Schlüsse gezogen zu haben wie erst vor einigen Tagen.

Im Pfälzerwald hatte Bernhard Kimmel mit seiner Bande das Diebesgut versteckt. Wie doch der Göttmann damals dem Kimmel zugesetzt hatte, dem Al Capone der Pfalz. Seine Verhöre waren erbarmungslos und hasserfüllt gewesen, als verteidige er seine eigene Sache. Gontard selbst hatte, das musste er sich eingestehen, anfangs heimlich mit Kimmel sympathisiert. Ein Robin Hood oder Hölzerlips? Nein, nicht ganz, dieser Vergleich hinkte, denn die Beute aus Kimmels Raubzügen war nicht für die Armen, die Witwen und Waisen bestimmt gewesen. Kimmel und seine Bande waren keine Rächer der Enterbten gewesen, wenn es auch in der Presse anfangs so dargestellt worden war. In den Pfälzer Bauernstuben, bei den Kirchweihfesten und in den Wirtshäusern hatte man gelacht über den Pfundskerl, der die Polizei an der Nase herumführte, und die Pfälzer Kinder sangen den Spottvers: *Al Capone, dieser Lümmel, kommt aus Lambrecht und heißt Kimmel.* Viele Pfälzer sahen ihn als einen der ihren, bis dann der Hüttenwirt erschossen wurde, der arme Teufel, weil er der Bande in die Quere gekommen war. Kimmel war ein Abenteurer gewesen, aber kein Revolutionär, kein Systemveränderer ... Und doch, vom Volkshelden zum Geächteten und umgekehrt ist es kein weiter Weg. Bei der Enthauptung des Schinderhannes, des mythenumwobenen Räuberhauptmanns aus dem Hunsrück, waren Tausende gekommen. Revolutionär, Geächteter, Ganove oder Held?

Wie zum Beispiel Michael Weinbauer. Wie Michael Weinbauer und vielleicht auch wie sein Freund, wie immer er hieß, der Unbekannte aus der Disco, der ihn und Anna aus dem Dunkel angestarrt hatte. Gontard war sich hundertprozentig sicher, dass er sich diesmal nicht täuschte: Der Unbekannte in der *Lupe* war der gleiche junge Mann gewesen, der junge Mann mit den langen Haaren, den er in der Mensa gesehen hatte, als er mit Anna einmal dort gegessen hatte.

Michael Weinbauer und sein Begleiter, die über Anna und ihn gelacht hatten. Über den Bullen und das Bullenliebchen. Gontard hatte eine Weile gedacht, der junge Mann sei der Gleiche gewesen, den er am Tag des Discobesuchs auf der Neckarwiese gesehen hatte, zusammen mit der Blonden, zumal er auch in der Disco mit einer Blonden geknutscht hatte wie das Paar mittags am Neckar. Doch sie sahen derzeit alle so gleich aus, die blonden Mittelscheitelmadonnen und die Jungs mit ihren etwas längeren Haaren.

Nein, er war sich sicher, dass der junge Mann in der *Lupe* Michael Weinbauers Mensabegleiter war und nicht der Neckarwiesen-Romeo, und er spekulierte, dass er auch der Besitzer des hellgelben VW Käfer mit dem Heidelberger Kennzeichen HD-S-666 war, das in Thalkirchen gesehen worden war.

Nun war er in Rockenhausen, und dann kam auch schon Thalkirchen. Rechts vor dem Dörfchen war der Friedhof, da oben thronte die hübsche Barockkirche, rechts gegenüber Annas Burg.

Er bog ab und fuhr zu Herrn Barnheimers Villa am Hang.

Frau Schmitt öffnete erstaunt. Ja, Herr Barnheimer sei daheim.

»Frau Schmitt, eine kleine Frage: War gestern Abend ein junger Mann aus Heidelberg hier? Ich habe ihn geschickt.«

»Eijo, den hunn isch gesieh«, bestätigte Frau Schmitt eifrig. »Der war vunn Ihre Leit? Ei, dann iss jo alles gut. Zuerscht hunn isch gedenkt, dess wäre Sie, weil dess ah so en geeler Käffer war, so en Vau-Weh, mit emme komische Zeiche: S-666, awwer dann ware Ses garnet. Die Erna vumm Herr Parre hot sisch ah schunn gewunnert.«

In diesem Dorf gab es keine Geheimnisse. Nun, da hatte er ja – wenigstens teilweise – richtig spekuliert.

Und seine Flunkerei hatte doch etwas genützt. Schon seine zweite Notlüge an diesem Tag. Der Zweck heiligt die Mittel, dachte er.

Er würde Herrn Barnheimer gegenüber klare Worte sprechen, wie beim ersten Mal. Diesmal aber hoffentlich mit einem besseren Erfolg als damals. Beweise, das wusste er aber, hatte er keine in der Hand. Wieder mal nicht.

»Was verschafft mir diesmal die Ehre, Herr Kommissar?«, rief Herr Barnheimer aus, als er Friedrich Gontard erblickte.

»Darf ich Ihnen ein paar Fragen stellen?«

»Das ist Ihr Beruf. Sie sind doch beruflich hier, oder nicht?«

»Ich denke ja.«

»Dann bin ich gespannt.«

Herrn Barnheimers Hand lag auf dem Kopf seines nougatfarbenen Cockerspaniels. Er kraulte die Lockenohren des Hundes.

»Sie kennen Frau Mahlsdorff? Sie wissen von Ihren Gemälden?«

»Ja, ich kenne die Dame, ich habe sie vor zwei Jahren besucht, als ich in Heidelberg zu tun hatte. Ja, sie hat mir ihre Gemäldegalerie gezeigt. Hübsch auf den ersten Blick, dekorativ, aber von unbedeutenden holländischen Malern oder sogar gefälscht. Es waren zwei dreiste Vermeer-Fälschungen dabei. Wertloser Tand.«

Eine wegwerfende Handbewegung begleitete seine Worte.

»Aus Höflichkeit habe ich diese kuriose Gemäldesammlung bewundert. Da hat sich der verblichene Gatte von Frau Mahlsdorff einen schönen Schund andrehen lassen. Ich bin noch von altem Schrot und Korn, und ich hatte eine gute Kinderstube. Einer Dame gegenüber hat man ein Kavalier zu sein. Ich wollte ihr nicht ihre Illusionen rauben.«

Er richtete sich kerzengerade auf und strich sich den Schnurrbart glatt. Dann steckte er sich eine Havanna an.

»Sie auch, Herr Kommissar?«

»Nein danke, heute nicht, sehr freundlich, aber ich rauche sowieso zu viel in letzter Zeit.«

»Darf ich fragen, was genau Sie von mir wissen wollen?« Er zog genussvoll an seiner Zigarre. »Letztes Mal fragten Sie mich über Michael Weinbauer aus, und nun fragen Sie wegen der Gemälde? Was hat das eine mit dem anderen zu tun?«

»Ich vermute, dass Sie mit dem Diebstahl der Gemälde zu tun haben und dass Michael Weinbauer im Oktober wegen dieser Angelegenheit hier war und nicht, um Sie zu beschimpfen. Um es kurz zu machen: Ich beschuldige Sie, Michael Weinbauer, einen lästigen Mitwisser, ermordet zu haben.«

»Und all das, um billige Fälschungen zu ergattern, die ich nicht im Traum hätte haben wollen? Gefälschten Tand? Wo bleibt das Motiv, Herr Gontard, und wo bleiben die Beweise? Ohne Motiv, ohne Beweise haben Sie noch nicht einmal das Recht, mein Haus zu durchsuchen, geschweige denn, mich zu verhaften. Träumen Sie weiter, Herr Gontard.«

»Die Fälschungen waren nicht so wertlos, wie Sie das hinstellen. Es waren Fälschungen von der Hand des genialsten Fälschers, den es je gab. Des Holländers Han van Meegeren, aber das muss ich Ihnen, der Sie Kunstexperte sind, nicht erklären. Sie wissen es, und Ihre Verachtung für Frau Mahlsdorffs wertlosen Tand nehme ich Ihnen nicht ab.«

»Und wenn ich von van Meegeren wüsste und wenn ich die Gemälde hätte haben wollen. Ich wiederhole: Wo ist der Beweis? Einen einzigen Beweis, bitte.« Dann zog Ferdinand Barnheimer seinen größten Trumpf aus der Tasche: »Sie sind gar nicht befugt, mich zu befragen, mich auszuhorchen, mich zu beschuldigen. Der Fall ist doch außerhalb Ihrer Kompetenz. Schicken Sie mir Ihren Heidelberger Kollegen.«

Ferdinand Barnheimer musste spekuliert haben, was die polizeilichen Kompetenzen anging, aber Gontards kleines Zögern gab ihm Aufwind. Hatte Herr Barnheimer heimlich Auskünfte über ihn eingeholt? Es wäre nutzlos gewesen, Barnheimer zu erklären, dass Alfred Melzer ihn, Friedrich Gontard, schon vor Wochen ausdrücklich darum gebeten hatte, ihn zu unterstützen. Es war sehr wohl auch sein Fall, und er war von seinem Dienstherrn autorisiert worden, den Heidelbergern zu helfen. Aber Gontard musste sich dennoch geschlagen geben. Er hatte nichts Konkretes in der Hand. Er trat den Rückzug an.

»Den Beweis habe ich noch nicht, aber ich werde Ihnen den Beweis liefern«, sagte Gontard. »Bald.«

Herr Barnheimer stand auf, wobei man merkte, dass es ihm Mühe bereitete. Er schien Schmerzen zu haben. Arthrose, Gicht? Er rief zur Küche hinüber und bat Frau Schmitt, den Herrn Kommissar doch bitte hinauszubegleiten, dann verabschiedete er sich betont höflich und ging, seine Havanna rauchend, in den verqualmten Salon zurück.

Frau Schmitt kam mit teigverklebten Händen aus der Küche und bat den Herrn Gontard um Entschuldigung, sie müsse sich schnell noch die Hände waschen. Sie habe gerade eine nordpfälzische Spezialität zubereitet. Friedrich Gontard war interessiert. Wie das Gericht denn heiße? »Hoorische Knepp.« Die fleißige Köchin musste dem verwunderten Kommissar erklären, dass mit diesem exotisch klingenden Gericht Klöße aus rohen Kartoffeln gemeint waren. Sie begleitete Gontard hinaus. Draußen sagte Frau Schmitt: »Wann mer grad vunn de Hoorische redden. Der langhoorische junge Mann, der geschdern bei uns war. War des Paket, das er unnerm Arm getrah hatt, aa vunn Ihne, Herr Kommissar? So wie e Bild, in dem Format.« Dabei beschrieb sie mit den Händen ein Viereck in der Größe des verschwundenen Gemäldes.

»Isch hunn misch arisch gewunnert, weil mer schunn so viele Bilder hunn, unn der Herr Barnheimer hat mehr verschproch, nix meh zu kaafe. Wo isch doch all die Sache abstaawe muss. In dem große Haus. Unn isch wer net jünger.«

Sie machte eine Kunstpause.

»Awwer do iss kää neies Bild uffgehängt. Isch hunn kääns gesieh.«

»Umso besser, Frau Schmitt, dann ist doch alles in bester Ordnung. Nicht mehr Arbeit als vorher.« Und er fügte hinzu: »Machen Sie sich keine Sorgen und lassen Sie alles auf sich beruhen.«

Und wieder einmal wunderte sich Friedrich Gontard darüber, dass der Kommissar Zufall dem Kommissar Gontard zu Hilfe gekommen war. Er war froh, Herrn Barnheimer nicht auf den jungen Mann im gelben VW angesprochen zu haben. Auf seine Intuition war nicht immer, aber doch manchmal Verlass. Intuition und Zufall, ein seltsames Gespann in der Kriminalistik.

Nun galt es, schnell zu handeln. Er fuhr nach Rockenhausen und rief in der nächsten Telefonzelle seinen Freund Alfred Melzer an. Es sei absolut dringend. Er solle unverzüglich die Fahndung nach einem Studenten mit einem hellgelben VW Käfer mit Heidelberger Kennzeichen herausgeben. Mit dem Kennzeichen HD-S-666. Es sei allergrößte Eile geboten.

Erst als er auf der Autobahn bei Wattenheim fuhr, fiel Gontard ein, dass er diesmal vergessen hatte, eine Stippvisite bei Annas Eltern zu machen. Aber das wäre Irrsinn gewesen unter den gegebenen Umständen.

Jede Minute zählte, jede Sekunde. Ferdinand Barnheimer und der junge Mann, der geheimnisvolle Unbekannte, durften auf keinen Fall Kontakt aufnehmen.

Barnheimer hatte irgendwie beruhigt gewirkt und seiner Sache sicher, nicht wie jemand, dem man direkt auf der Fährte war. Außerdem sehr belustigt über diesen tollpatschigen Kommissar, der keinerlei Beweise gegen ihn hatte und den er kalt abwimmeln konnte. Und dies nun schon zum zweiten Mal.

In Thalkirchen würde man sich wundern, und wieder mal über einen hellgelben VW Käfer. Diesmal mit Ludwigshafener Kennzeichen.

27. KAPITEL

Der Komplize

Als Friedrich Gontard in Alfred Melzers Büro ankam, erwartete ihn schon hocherfreut sein Kollege und Freund von der Heidelberger Kripo.

Der junge Mann, den Gontard in der Mensa und in der Disco gesehen hatte, saß zusammengesunken in einem Sessel. Er trug den gleichen Pullover in grellem Orange wie damals in der Mensa.

»Jetzt hast du alles wiedergutgemacht. Hier haben wir Herrn Hartwig Wiesner, Student der Jurisprudenz. Wir haben ihn gerade festgenommen. In seiner Wohnung in der Haspelgasse fanden wir nicht das Gemälde, dafür aber die kleine Summe von fünfzehntausend Mark. Viel Geld für einen armen Studenten. Ich verstehe zwar die Zusammenhänge noch nicht ganz, doch du wirst sie mir erklären.«

»Ja, das werde ich, denn nun passt alles zusammen wie in einem Puzzlespiel.«

Gontard, der mittlerweile ein Meister der Notlüge geworden war, zog seinen letzten Trumpf aus der Tasche.

»Sie haben gestern Abend Herrn Barnheimer ein Gemälde in seine Villa nach Thalkirchen gebracht? Das gestohlene Gemälde von Vermeer? Ich habe es gerade gesehen. Herr Barnheimer hat alles gestanden und wird Ihnen bald gegenübergestellt. Leugnen hilft nun nichts mehr.«

Er machte eine kleine Pause. Hartwig Wiesner war kein Meister des Verstellens. Er zuckte resigniert die Schultern und sank noch mehr in sich zusammen.

»Ich weiß auch«, fuhr Gontard fort, »dass dieses Gemälde nicht irgendeine Fälschung war, sondern eine geniale Fälschung und daher von großem Wert für Ferdinand Barnheimer, der geradezu eine Obsession für diesen Maler, Han van Meegeren, hatte.«

So viele Spekulationen, so viele Notlügen, doch diesmal griff die List endgültig.

»Barnheimer war geradezu verrückt nach diesen Bildern, nach diesem einen Bild«, berichtigte sich Michael Weinbauers Freund. »Er war so verrückt wie Michael, nur anders. Ein Fanatiker halt. Es gibt politische Fanatiker, und es gibt Kunstfanatiker, wie diesen Barnheimer. Der Geizhals. Hätte er Michael das vereinbarte Geld für dieses Straßenszenenbild gegeben, dann könnte Michael noch leben. Michael hätte das Bild nicht aufgeschlitzt, Barnheimer wäre nicht ausgerastet, er hätte Michael nicht erstochen, und ...« Er hielt inne und starrte zur Decke.

Gontard unterbrach für kurze Zeit das Verhör und bat Alfred Melzer, mit ihm ins Nebenzimmer zu gehen.

»Fahr mit deinen Leuten zu Ferdinand Barnheimers Villa, nimm ihn fest und bring das Bild mit. Ich glaube nicht, dass er es beiseite geschafft hat. Er fühlt sich hundertprozentig sicher, weil ich, wie er sagte, keine Beweise gegen ihn habe. Aber er hat keine Ahnung, dass wir Wiesner kennen und dass wir ihn gefasst haben, und am allerwenigsten weiß er, dass wir von dem Studenten ein Geständnis haben. Diesmal tippe ich fest auf einen Geheimsafe. Eilt euch.«

Friedrich Gontard ging zu Hartwig Wiesner zurück und erfuhr nun die ganze Geschichte.

»Wir haben den Einbruch in der Villa gemeinsam gemacht. Babette, die eine alte Freundin von mir war und die mich mal flüchtig mit Michael bekannt gemacht hatte, war ja ausgestiegen, da hat er mich ganz kurzfristig gefragt. Wir haben uns erst seit Kurzem gekannt, aber er hat mir irgendwie vertraut. Und er hat mich gebraucht. Babettes Tod war ein Unfall. Sie hat uns überrascht, wollte uns nachrennen und ist die Treppe hinabgestürzt. Es war feige, einfach abzuhauen, aber wir hätten ihr nicht mehr helfen können. Das mit dem Hund hat mir Leid getan. Michael hat ihm das Gift gegeben. Der Hund hat ihn ja noch gekannt von damals, als er mit Anna befreundet war, und er ist ganz zutraulich angelaufen gekommen und hat mit dem Schwanz gewedelt. Er hat Michael die vergifteten Hundekuchen förmlich aus der Hand gefressen. Zum Glück war der Hund gleich tot und hat nicht gelitten.«

Dieser hier war offensichtlich kein eiskalter Killer. Er war hineingeschlittert in eine Sache, die immer mörderischer geworden war: zuerst der Tod eines Hundes, dann der Tod eines Mädchens, dann ein grausiger Mord.

»Der Zweck heiligt die Mittel, hat Michael gesagt. Das war eine seiner Devisen. Der hatte dauernd solche Sprüche auf Lager. Ferdinand Barnheimer kam am Tag ... nach all dem, Sie wissen schon ... um seine Gemälde zu holen. Er war verrückt auf das gestohlene Zeug. Und dann hat er Michael für das Straßenbild nicht soviel geben wollen wie für das andere Bild, weil es keine freie Fälschung war. Ich weiß nicht, was er damit gemeint hat, aber offensichtlich ist eine freie Fälschung wertvoller als eine normale Fälschung. Da hatten die beiden wohl vorher eine andere Absprache getroffen, denn Michael war ganz aufgebracht und hat was von Betrug und Verrat und Ungerechtigkeit gebrüllt, er ist komplett ausgerastet, hat das Messer vom Tisch genommen, und dann hat er das Bild aufgeschlitzt. Dann drohte er, auch das Bild mit dem Mädchen zu zerstören. Was dann passierte, erscheint mir wie im Nebel. Bevor ich Michael helfen konnte, hatte der alte Mann ihm das Messer aus der Hand gerissen und stach wild auf ihn ein. Dass alte Leute so stark sein können.«

»Was passierte dann?«, fragte Gontard.

»Ich half Barnheimer, die Spuren zu beseitigen. Da war dieser Flokatiteppich, das war schrecklich, der weiße Teppich und das ganze Blut. Aber diese Teppiche sind dichter, als man denkt. Der Boden blieb sauber.«

Er starrte ins Leere, als sähe er die Szene noch einmal deutlich vor sich, und er fuhr sich über die Augen, als wolle er die Bilder wegwischen.

»Er versprach mir viel, viel Geld für meine Mithilfe und für mein Schweigen. Wir brachten den Toten in Barnheimers Auto zum Neckar. Den Flokatiteppich versteckte ich vorher im Schuppen ganz hoch oben, wo die dicke Vermieterin nicht hinkäme, dachte ich. Zum Glück war sie ja in Kur gefahren und niemand war im Haus. Die Leute von nebenan waren auch im Urlaub. Das haben wir alles herausgekriegt. Wir waren unbeobachtet.«

Er schwieg.

»Wie wurde der Tote dann ins Auto transportiert?«

»Barnheimer hatte da zufällig eine ganz dichte große Plane, da wickelten wir ihn ein, denn der weiße Teppich hätte zu viele Spuren im Auto hinterlassen. Er war ganz vollgesaugt mit …« Er stockte.

Friedrich Gontard fragte weiter: »Eines verstehe ich überhaupt nicht. Sie dachten an alles, Sie waren so überaus … sorgfältig und gewissenhaft, wenn man das unter den grausigen Umständen so nennen darf, aber warum haben Sie das zerstörte Gemälde in der Wohnung zurückgelassen? Wir hätten ohne das Bild noch eine Weile gebraucht, eine Verbindung zwischen dem Villeneinbruch und dem Mord an Michael Weinbauer herzustellen.«

»Das war ein kapitaler Fehler, zugegeben. Doch alles ging drunter und drüber, nachdem Barnheimer die Nerven verloren und zugestochen hatte. Wir waren so sehr mit dem Wegschaffen des Toten beschäftigt, so bemüht, alles sauber zu hinterlassen. Der Teppich und die Mordwaffe, die mussten weg. Das Bild lag vergessen unter dem Tisch. Am nächsten Tag fiel mir … uns … die Sache mit dem

Gemälde ein. Barnheimer rief mich aufgeregt an und trug mir auf, in Michaels Wohnung zu gehen, aber ich sah von Weitem schon die Polizeiautos in der Panoramastraße. Ich kam zu spät.«

»Und Sie konnten nur noch hoffen, dass wir weder von Ihnen noch von Ihrer Verbindung zu Barnheimer und zu dem Ermordeten erfahren würden«, führte Friedrich den Gedanken weiter. »Doch kommen wir zum Schluss und zu dem anderen Gemälde, dem fatalen Auslöser für die ganze Tragödie. Erzählen Sie den Rest.«

»Den Rest kennen Sie. Das Bild sollte ich so lange verwahren, bis Barnheimer mich benachrichtigen würde. Mit der Überbringung des Bildes sollte ich auch mein Geld erhalten.«

»Und das geschah gestern Abend.«

Hartwig Wiesner schwieg, nickte aber mit dem Kopf.

»Das viele Geld, die fünfzehntausend Mark?«

Hartwig Wiesner schwieg wieder, er war am Ende. Er würde vorläufig nichts mehr sagen. Es kam einem Geständnis gleich, dieses resignierte Schweigen.

Ein Beamter kam herein und führte Wiesner ab, ein willenloses Häuflein Elend ohne Zukunft.

28. KAPITEL

Das Licht unterm Scheffel

Es war schon spät in der Nacht, als die Kripobeamten Ferdinand Barnheimer ins Heidelberger Präsidium führten. Einer von ihnen hatte das Gemälde unter den Arm geklemmt.

Herr Barnheimer ging kerzengerade und erhobenen Hauptes und setzte sich auf den ihm angebotenen Stuhl.

Nun erfuhren Friedrich Gontard und Alfred Melzer die ganze Geschichte von Anfang an.

»Seit dem Jahr 1947, als ich auf Geschäftsreise in Holland war und dabei zufällig dem Prozess gegen Han van Meegeren beiwohnte – ein holländischer Freund, ein Kunsthändler, nahm mich mit – beherrschte mich nur ein einziger Wunsch: einen echten van Meegeren, das heißt eine Vermeer-Fälschung aus van Meegerens Hand, zu besitzen. Es war ein Glück, dass ich diesen holländischen Freund hatte, sonst hätte ich als Deutscher so kurz nach dem Krieg niemals die Chance bekommen, ins Gerichtsgebäude zu gelangen. Wir Deutschen waren direkt nach dem Krieg regelrecht verhasst in Holland.«

»Kein Wunder«, sagten Alfred Melzer und Friedrich Gontard fast wie aus einem Munde.

Melzer sagte: »Wir haben während des Krieges ja auch ziemlich gehaust in Holland.«

Ferdinand Barnheimer ignorierte die Bemerkung und fuhr fort, ohne erst gefragt zu werden: »Nicht irgendeine Fälschung wollte ich haben, nein, es musste eine freie Fälschung sein, und es musste ein bestimmtes Bild sein.«

»Was ist eine freie Fälschung?«, fragte Gontard dazwischen. »Hartwig Wiesner erwähnte den Begriff, konnte ihn aber nicht erklären.«

»Natürlich konnte er das nicht, er ist ja kein Kenner, sondern ein ordinärer kleiner geldgieriger Ganove.«

Voller Verachtung sagte es Ferdinand Barnheimer.

»Durch meinen Freund, den holländischen Kunsthändler Willem de Groot, hatte ich überraschend die Gelegenheit bekommen, nicht nur dem Prozess gegen Han van Meegeren beizuwohnen, sondern ihn allein in seiner Zelle zu besuchen. Ich lernte einen hochinteressanten Menschen kennen. Er war schon vom Tod gezeichnet, aber seine Augen sprachen Bände, sein ganzes Wesen beeindruckte mich. Er war ein ganz großer Künstler und ein schlauer Fuchs dazu. Ältlich trotz seiner noch nicht sechzig Jahre, ausgemergelt und enttäuscht, wie er aussah, war er ein faszinierender Mensch. Er war wie Vermeer selbst lange verkannt worden. Da seine eigenen Bilder nicht ankamen, versuchte er sich an Fälschungen. Er hat nicht aus Raffgier, sondern aus Rache kopiert. Zunächst wollte er nur einmal ausprobieren, ob er die Kunstexperten, die seine eigene Kunst ignorierten, würde täuschen können. Das Experiment gelang, die gesamte Kunstwelt blamierte sich. Und Nazigrößen waren blamiert. Das Bild, das Göring von ihm gekauft hatte, ist zum Beispiel eine freie Fälschung, angelehnt an Vermeers Gemälde *Christus bei Martha und Maria*. Ich bewundere diesen van Meegeren auch dafür, die Nazis düpiert zu haben. Sie glauben doch nun selbst nicht mehr, dass ich ein Nazi war, Herr Gontard? Han van Meegeren hatte vier Jahre lang an der Methode herumgebastelt, ein eben erst gemaltes Bild so aussehen zu lassen, als sei es vor dreihundert Jahren gemalt worden. Er steckte es für zwei Stunden bei hundertfünf

Grad in einen Ofen. Das war die Kunst, die Altersrisse zu erzeugen, und die Fachwelt merkte nichts.«

Ferdinand Barnheimer schwärmte weiter. Er schien alles und alle um sich herum vergessen zu haben.

»Es sind noch viele falsche Vermeers in Umlauf, und man sagt, einige dubiose Vermeers hingen sogar in Galerien. Im 19. Jahrhundert gab es mehrere Vermeerfälscher, zum Beispiel einen gewissen Claus Meyer, aber im Vergleich zu van Meegeren war er ein Stümper.«

Er machte eine kleine Pause.

»Ich schweife ab. Im Gefängnis erzählte mir van Meegeren stolz, er habe einem Deutschen aus Süddeutschland, einem Einfaltspinsel, den Namen wisse er nicht mehr, zwei Gemälde verkauft: eine Fälschung, nämlich eine Straßenszene von Delft, die er exakt abkopiert hatte, zur Übung des Vermeer-Stils. Das zweite Bild habe er frei gefälscht, das heißt, frei nachempfunden in Vermeers Stil. Er habe schon immer das Mädchen mit dem Perlenohrring sehr bewundert, das Mädchen mit dem blaugelben Turban und dem halb unschuldigen, halb herausfordernden Blick. Nun habe er, van Meegeren, spekuliert, Vermeer habe das Mädchen noch einmal gemalt. Nach dem Sündenfall. Vielleicht hatte er, Vermeer, mit dem Modell ein Verhältnis gehabt? Alles, wie gesagt, Spekulation, aber nicht abwegig. Nicht wenige Maler haben mit ihren Modellen ein Verhältnis gehabt. Also malte er, van Meegeren, eine freie Fälschung: nämlich das nicht mehr unschuldige Mädchen, diesmal mit dem symbolischen zerbrochenen Krug, den man in der alten Malerei öfter findet für die verlorene Unschuld, und mit einem Licht und einem Scheffel. Er nannte es *Het meisje met de kruik*. Der Einfaltspinsel aus Süddeutschland habe gut gezahlt, amüsierte sich van Meegeren noch in der Zelle. Ich wollte wissen, woher genau aus Süddeutschland der Käufer stammte, aber van Meegeren konnte mir darüber keine Auskunft geben. Seit diesem Gespräch hatte ich nur noch einen Wunsch: dem Gemälde auf die Spur zu kommen.«

»Der Einfaltspinsel war Hans Mahlsdorff, nicht wahr?«, sagte Friedrich Gontard. »Wie kamen Sie dem Bild ... den Bildern ... auf die Spur?«

»Es hat lange gedauert. Seit 1947 durchkämmte ich Süddeutschland nach diesem Mädchenbildnis, aber Süddeutschland ist ein weiter Begriff. Keine Auktion, keine Antiquitätenmesse ließ ich aus, aber es war alles vergeblich. Ich erkundigte mich nach Sammlern, die auf die Holländer und speziell auf Vermeer versessen waren. Kein Ergebnis. Nach zehn Jahren ungefähr gab ich es auf, denn mittlerweile war ich fest überzeugt davon, dass Han van Meegeren einen letzten Streich gespielt hat, als er mir von der freien Fälschung und dem Mädchenbildnis erzählte. War es nicht logisch, dass er in mir nur einen Nazi gesehen hatte, den man ganz schön hereinlegen konnte? Kurzum, ich gab die Jagd nach dem Gemälde auf und versuchte, das Ganze zu vergessen. Aber der Zufall wollte es, dass es anders kam. Nun ja, die Welt ist klein. Pfarrer Nüsslein erzählte mir einmal beiläufig, es war auf einer meiner Geburtstagsfeiern Anfang der Sechzigerjahre, seine Frau habe eine wohlhabende Tante, die in Heidelberg wohne und die unter anderem Gemälde besäße, auch holländische. Schon vorher hatte die Pfarrfamilie ab und zu von Besuchen bei der Tante erzählt, doch ich war nie hellhörig geworden. Ich hatte schon lange die Hoffnung aufgegeben, das Gemälde zu finden. Ich dachte, es existiere nicht. Außerdem, eine reiche Heidelberger Tante hat noch nichts zu sagen. Es muss in Heidelberg viele reiche Leute geben. Ich traf diese Tante nie, denn sie kam nie nach Thalkirchen. Nach und nach wurde ich aber trotzdem neugierig. Also musste ich irgendwie herausfinden, was es mit diesen Gemälden auf sich hatte. Erneut half mir der Zufall. Der junge Michael Weinbauer und Anna, die Tochter des Pfarrers, waren Studenten in Heidelberg und befreundet. Der junge Student war außerdem der Jugendfreund meines Sohnes und daher ab und zu, wenn mein Sohn aus München, wo er studierte, zu Besuch war, auch Gast in meinem Haus. Einmal erzählte Michael Weinbauer von Annas Großtante, Frau Mahlsdorff, und deren Gemäldegalerie. Durch geschicktes Nachfragen erfuhr ich von den Gemälden, von dem speziellen Gemälde, will ich sagen, denn ich interessierte mich nur für das Lichtscheffelmädchen. Nun hatte ich Gewissheit, wollte mich aber selbst überzeugen, und es kam zu dem Besuch in der Mahlsdorffvilla. Das war vor zwei Jahren. Ich hatte endlich *Het meisje met de kruik* gefunden, oder, wie Frau Mahlsdorff das Gemälde nannte, *Das Licht unterm Scheffel.*«

»Und wie kam es zu dem Komplott, der Ausführung und Michael Weinbauers Komplizenschaft?«

»Das war zunächst schwierig. Anna und Michael Weinbauer hatten sich schon länger getrennt, schon vor meinem Heidelbergbesuch, auch die Freundschaft zwischen ihm und meinem Sohn Rüdiger ging in die Brüche. Man munkelte, Michael verändere sich extrem und ins Extreme. Nun musste ich vorläufig meine Pläne begraben, ihn zu dem Diebstahl zu bewegen. Doch letzten Herbst wollte es der Zufall, dass ich ihn auf meine Seite zwang.«

»Das war im Oktober, als er kam, um Sie zu beschimpfen? Das war also nicht gelogen? Ich habe es Ihnen nicht geglaubt.«

»Es stimmte. Er kam voller Hass und ging als Mitwisser und als Komplize. Ich merkte, wie sehr er im Sog des politischen Fanatismus war und wie sehr er Geld brauchte. Das war meine Chance. Ich musste, ich konnte ihn gewinnen.«

»Und Sie hatten keine Skrupel, einen Extremisten zu unterstützen, einen, der Ihre Klasse hasste? Und nicht nur Ihre Klasse?«

»Ach, ich hielt ihn für einen eher harmlosen Spinner, der nichts würde bewirken können. Einen Einzelspinner. Außerdem: Der Zweck heiligt die Mittel.«

»Das hat Michael Weinbauer auch gesagt.«

Und das habe ich selbst vor nicht langer Zeit auch gesagt, dachte Gontard, doch er behielt es für sich.

»Ja, wir waren beide fanatisch, nur unter anderen Vorzeichen.«

»Warum haben Sie ihn getötet?«

»Er wollte das Bild zerstören, jenes Meisterwerk, die freie Fälschung Han van Meegerens.«

»Das andere Bild war wirklich nicht wertvoll?«

»Nein, natürlich nicht, das Original hängt im Amsterdamer *Rijksmuseum*. Das zerstörte Gemälde war eine Übungsarbeit, nicht mehr. Und für mich persönlich absolut wertlos. Wie hatte sich Hans Mahlsdorff nur ein solches Bild andrehen lassen können? Er muss wirklich ziemlich trottelig gewesen sein. Nun ja, Weinbauer verlangte eine horrende Summe für das *Straatje*. Er war ein Ignorant auf dem Gebiet der Kunst.«

»Sie waren wirklich ein merkwürdiges Fanatikergespann«, bemerkte Alfred Melzer, der die ganze Zeit über nichts gesagt hatte. »Einen solchen Fall habe ich in meinen vielen Dienstjahren noch nicht erlebt.«

»Fanatismus ist der falsche Begriff. Nennen Sie es Liebe. Van Meegerens Mädchen mit dem Krug und dem Lichtscheffel ist, meiner Ansicht nach, tausendmal schöner als das Mädchen mit dem Perlenohrring von Vermeer. Die unbekannten, die verkannten Künstler sind das Salz in der Suppe der Kunst. Das verstehen die faden Bildungsbürger nicht, die nur dem Erfolgreichen huldigen, nur das allgemein Anerkannte loben.«

Hier musste Friedrich Gontard Barnheimer innerlich zustimmen.

Dieser erzählte weiter: »Van Meegeren hat die Technik der magischen Perspektive aufs Vollkommenste beherrscht. Die Technik der Lichtführung, meisterlich! Besser als bei Vermeer selbst. Die Technik der Camera obscura, die raffinierte Lichttechnik, einzigartig! Ich konnte mich schwer beherrschen, als ich vor dem Bild stand, damals in der Mahlsdorffvilla, aber Frau Mahlsdorff merkte nicht, was in mir vor sich ging. Ich wiegelte ja auch ab und sagte ihr, die beiden angeblichen Vermeers seien wirklich nicht so wertvoll. Ich lobte zum Schein die anderen Gemälde, die Stillleben, die Vanitasmotive, um abzulenken. Ich liebte immer schon Porträts, keine Landschaftsbilder, keine Stillleben. Und das Mädchen mit dem Licht unterm Scheffel wäre der Höhepunkt meiner Sammlung gewesen. Frau Mahlsdorff war zum Glück nicht beleidigt, denn sehr höflich war das nicht von mir und es ist sonst nicht meine Art, so herbe Kritik zu üben. Man hat van Meegeren und mich als Nazifreunde beschimpft, auch das verbindet uns. Aber ich war nie ein Nazi, obwohl ich zeitweise von ihnen profitierte.«

»Das sagte auch Valentin Lobenhofer«, murmelte Friedrich Gontard. Die Ironie in seiner Stimme war unverhohlen. »Und das sagen viele. Nicht nur Sie und Lobenhofer.«

Barnheimers fragender Blick sagte ihm, dass er mit diesem Namen überhaupt nichts anzufangen wusste. Barnheimer und Lobenhofer kannten sich nicht, waren sich niemals begegnet, dabei hatten sie sehr viele Gemeinsamkeiten.

»Ich werde mein Gemälde nie mehr wiedersehen«, sagte er. »Darf ich noch einmal einen Blick darauf werfen?«

Friedrich Gontard konnte diesen Blick aus Barnheimers Augen kaum ertragen, einen Blick, den er nicht hätte beschreiben können.

So sieht ein unglücklich Verliebter ein Mädchen an, das er nicht haben kann, dachte er.

»Können Sie sich vorstellen, was in mir vorging, als dieser Unmensch, dieser verwirrte Student, drohte, das Mädchenbildnis zu zerstören? Aus purer Geldgier, weil er für das wertlose oder fast wertlose andere Bild nicht das bekam, was er sich erhofft hatte? Ich musste ihn töten, um das Gemälde zu retten. Die Kunstwelt, die van Meegeren mittlerweile anerkannt hat, wird es mir danken. Ich war es van Meegeren schuldig, das Bild zu retten. Er hatte nicht gelogen damals, ich war für ihn kein Nazi, den man hereinlegt, sondern ein Freund, ein Bewunderer seiner Kunst. Indem er mir von dem Gemälde erzählte, gab er mir indirekt den Auftrag, es zu finden. Ich habe es gefunden. Und gerettet. Obwohl: Vielleicht hat van Meegeren mir damals absichtlich den Namen und die Adresse des Käufers nicht verraten, um mich zappeln zu lassen.«

Ferdinand Barnheimer war nun sichtlich erschöpft.

»Ich habe nicht mehr viel Zeit«, sagte er. »Als ich das Gemälde abholen wollte an jenem Tag, Sie wissen schon, da war ich morgens in der Ludolf-Krehl-Klinik zu einer Untersuchung, da ich schon seit längerer Zeit Schmerzen im Magenbereich habe.«

Jetzt fiel Gontard auf, wie gelblich Barnheimers Haut war, wie eingefallen, fast zerfallen das Gesicht des Mannes.

»Ich habe Krebs. Wie meine liebe Frau. Wir teilen nun auch das gleiche Schicksal. Die Ärzte geben mir höchstens noch ein halbes Jahr. Sie müssen wissen, dass meine Frau meine, wie Sie sagen würden, Obsession, ich sage aber meine Liebe zu dem Gemälde, teilte. Von dem Moment an, als ich ihr von meinem Besuch bei Han van Meegeren erzählte, teilte sie meine Faszination für diesen Meister und meine Liebe zu dem Lichtscheffelmädchen. Ich wollte Martha das Bild schenken, aber dann starb sie, ich war allein, es blieb mir nur noch die Hoffnung auf das Gemälde.«

Er sah zu Boden, eine Weile wie geistesabwesend und wie im Traum, doch dann fragte er ganz unvermittelt: »Würden Sie Meisje übernehmen?«

»Wer ist Meisje?«

»Mein Cocker. Meine alte Hündin. Ihre Anna wird nicht nein sagen«, sagte Ferdinand Barnheimer. Friedrich Gontard schaute erstaunt.

»Sie sind doch ein Paar? Pfarrer Nüsslein erzählte mir dieser Tage von der neuen Liaison seiner Tochter.«

Er erklärte weiter: »Anna kennt Meisje schon, seitdem sie ein Kind war, und sie hat oft mit ihr gespielt.«

»In dem Fall gehört Meisje uns schon. Sie haben Ihren Hund in meinem Beisein nie beim Namen genannt.«

»Mit Bedacht. Ich wollte holländische Assoziationen vermeiden. Sie hätten sonst angenommen, ich sei verrückt nach allem, was aus Holland kommt«, fügte Barnheimer mit leichter Selbstironie hinzu.

»Ich glaube, Herr Barnheimer, Sie sollten nun auch wissen, dass die Delfter Straßenszene nicht von van Meegerens Hand gefälscht war. Die Kunstexperten haben dies eindeutig herausgefunden.«

Ferdinand Barnheimer reagierte nicht erstaunt, auch nicht verärgert, sondern mit dem unvergleichlichen Selbstbewusstsein des Kenners. Und der Resignation des Verlierers.

»Dann hat er Hans Mahlsdorff damals doppelt hereingelegt? Eine Fälschung, und noch nicht einmal seine eigene, die doch mittlerweile so hoch gehandelt würde? Vielleicht ahnte ich es. Dann war es wirklich wertlos, das *Straatje.* War dann mein Zorn über die hohe Geldforderung des Studenten nicht doch verständlich? Und alles, was danach geschah, verzeihbar? Bin ich einer Schimäre hinterhergerannt all die Jahre? War auch das andere Gemälde, mein Gemälde, eine billige Fälschung? War das van Meegerens Triumph?«

Als Friedrich Gontard und Alfred Melzer darauf schwiegen, sagte Barnheimer leise und mit einem müden Lächeln um die Lippen: »Es ist nun alles egal. Eine andere Instanz als die weltliche hat die Höchststrafe verhängt über mich. Ist das Leben nicht das Wertvollste, das wir haben? Ich werde es bald verlieren, mein Leben.«

Keiner sprach ein Wort.

Es gab in diesem Fall, das sagten Melzers und Gontards stumme Blicke, eigentlich keine Gewinner.

29. KAPITEL

Noch einmal Valentin Lobenhofer und zwei Überraschungen

Vielleicht gab es aber doch einen Gewinner, nämlich die Besitzerin des Gemäldes *Das Licht unterm Scheffel.*

Frau Mahlsdorff hatte in ihrer großzügigen Art eine Unmenge Kuchen bestellt, diesmal bei *Cafasö* nicht weit vom Bismarckplatz. Die Heimführung ihres Bildes musste gebührend gefeiert werden, auch die Versöhnung zwischen Anna und Friedrich Gontard.

Anna war sehr beleidigt gewesen wegen der Notlüge am Telefon – sein schreckliches Beschäftigtsein –, und es bedurfte Gontards ganzer Diplomatie, um sie milde zu stimmen. Nun war er wieder in Gnade aufgenommen.

Valentin Lobenhofer, der treue alte Freund, saß wohlbeleibt und jovial lächelnd wie immer im viel zu engen Korbstuhl.

Auch Annas Eltern gehörten diesmal zur Kaffeegesellschaft. Sie hatten Meisje aus Thalkirchen mitgebracht. Die altehrwürdige Cockerdame sollte bei Tante Klara ein Zwischenquartier bekommen, bis Anna und Friedrich sie würden aufnehmen können. Meisje würde vom Dorftrampel zur Stadtdame arrivieren, und sie gewöhnte sich schon einmal an den Lobenhoferschen Dackel Mephisto.

»Erst mein Examen«, sagte Anna, »dann die gemeinsame Wohnung ...«

»... oder das Haus ...«

»... oder die Villa am Fluss?«

»Nicht gleich so unbescheiden. Ich bin doch nur ein armer Polizeibeamter.«

»... und dann die Heirat«, sagte Anna. »Oder auch nicht. Das ist altmodisch.«

Annas Eltern sahen sich einigermaßen entsetzt an und irgendwie peinlich berührt. Auf dem Dorf war man noch nicht so weit mit der neuen Moral.

»Vielleicht aber doch«, lenkte Anna diplomatisch ein, denn die Reaktion ihrer Eltern war ihr nicht entgangen.

Großtante Klara, die Weltmeisterin im Ablenken, zeigte auf eine ziemlich große Holzstatue, die auf der Konsole unter dem Spiegel stand, und sagte: »Da habe ich übrigens ein neues Objekt von Hundekunst, ein weiteres Stück in meiner edlen Sammlung: den Heiligen Rochus mit seinem treuen Hund, der ihn gerettet hat. Das ist ein Geschenk von Valentin Lobenhofer. Er hat mir die Statue ersteigert. Lobenhofer, die gute Seele.«

Letzteres sagte sie mit einem dankbaren Blick zu Lobenhofer und einem kleinen vorwurfsvollen zu Gontard hin, doch dann sagte sie: »Übrigens, um noch mal auf den Herrn Barnheimer zurückzukommen. Ich hatte ihn von Anfang an in Verdacht, mit dem Diebstahl meiner Gemälde zu tun zu haben. Alles andere hätte ich ihm nicht zugetraut. Keinen Mord, noch nicht einmal diesen Mord im Affekt. Aber«, sagte sie pikiert, »ich habe ja auch nicht alles erfahren. So viel Rücksicht seitens der Polizei wäre nicht nötig gewesen.«

Nun war Friedrich Gontard wirklich erstaunt. »Sie haben niemals diesen Verdacht geäußert, was Ferdinand Barnheimer betrifft.«

»Nachdem Sie meinen Freund Valentin Lobenhofer irrtümlich festnahmen, sollte es nicht noch eine zweite Blamage geben. Aber trotzdem: Ich habe damals, vor zwei Jahren, seinen Blick bemerkt, als er vor dem Mädchen mit dem Lichtscheffel und dem Krug stand. So etwas hatte ich noch nie gesehen. Er gab sich zwar sichtlich Mühe, sich zu beherrschen, aber diesen Ausdruck von …« Sie suchte nach dem passenden Wort.

»Besessenheit?«, half Friedrich Gontard.

»Ja, von Besessenheit, von Verliebtheit konnte er nicht verbergen. Er machte das Bild klein und wertlos, aber ich hatte den Blick gesehen. Und ich wusste genau, dass van Meegeren der Maler der Gemälde war. Ich wusste es die ganze Zeit, seit fünfzehn Jahren ungefähr. Sie brauchen keine Kunstexpertise machen zu lassen. Ich habe die Quittung, die Hans damals bekommen hat mit Han van Meegerens Unterschrift, zufällig in einem Buch gefunden, welches Hans sehr liebte. In einem Buch über holländische Fliesen. Das war etliche Jahre nach seinem Tod im Jahr 1943, vielleicht sechs oder sieben Jahre danach, 1949 oder 1950, ich weiß das nicht mehr so genau. Der Fall van Meegeren war wenige Jahre vorher in allen Zeitungen gewesen, aber es war Gras über den Fälscherskandal gewachsen, doch nicht so viel, dass ich mich nicht mehr an den Fall und an den Namen des Fälschers erinnert hätte. Aber das Mädchen mit dem Lichtscheffel und dem Krug war mir inzwischen ans Herz gewachsen, mein Lieblingsbild geworden. Ich wollte es nicht auf den Kunstmarkt bringen, ich wollte nicht, dass die Kunstwelt davon erfährt, ich wollte keine Begehrlichkeiten wecken. Deshalb hängte ich es in meine Galerie. Meine Galerie war für besondere Gäste. Ich hätte Herrn Barnheimer lieber nicht als besonderen Gast ansehen sollen. Das war mein Fehler, vielleicht der größte Fehler in meinem Leben, und er hat einige Menschen das Leben gekostet.«

Sie ergänzte: »Ach, was sage ich, nicht nur einige Menschen. Auch Oscar könnte noch leben.«

»Manchmal sind wir einfach nur Spielbälle des Schicksals«, ließ sich Annas Vater mit seiner ruhigen, sonoren Stimme vernehmen. »Oder vielleicht sollte ich in meiner Position lieber sagen: Wir sind oft Werkzeuge Gottes. Dich trifft keine Schuld.«

»Und Herr Barnheimer war so ein Gentleman. Ich hätte nie gedacht ... Aber ich will Ihnen die Quittung zeigen, Herr Gontard.«

Sie ging ins Haus, kramte im raffiniert eingearbeiteten Geheimfach ihres Biedermeiersekretärs und beförderte einen vergilbten Zettel zutage.

Han van Meegerens Unterschrift, Ort, Datum. Die Summe von drei Weinbergen in Dürkheim, beste Pfälzer Weinlage.

»Hier ist der Beweis, schwarz auf weiß. Es bleibt unter uns?«, fragte Klara Mahlsdorff.

»Es bleibt unter uns.«

»Ich könnte es nicht ertragen, noch einmal das Bild zu verlieren. Nun halten Sie mich für fanatisch, Herr Gontard, nicht?«

»Nur ein bisschen«, erwiderte er. »Dennoch frage ich mich, weshalb Sie uns nicht von Anfang an gesagt haben, dass Sie sich sicher waren über die Herkunft der Gemälde?«

Selbstbewusst konterte Frau Mahlsdorff auch diesmal: »Wie schon gesagt, die Polizei hat mir auch einige Informationen vorenthalten. Aber nun kann ich es Ihnen ja sagen. Ich wollte meinen alten Freund Lobenhofer nicht bloßstellen, nachdem er vorgegeben hatte, van Meegeren sei ihm unbekannt, und so möglicherweise einen falschen Verdacht auf ihn lenken. Und danach war ich in die Lüge verstrickt und vertraute darauf, dass meine Gemälde auch so gefunden werden würden. Oder auch nicht, und das hätte ich als eine Art Strafe angesehen und auch so akzeptiert. Nun ist es aber anders ausgegangen.«

Gontard hätte auf diese Erklärung noch einiges zu erwidern gehabt, doch er schwieg. Er schaute noch einmal auf die Quittung in seiner Hand. Plötzlich stutzte er. »Diese Quittung bezieht sich auf zwei Gemälde, zwei van Meegeren-Fälschungen, nicht wahr?«

Ja, es war nicht zu übersehen, da stand es unverkennbar, dass Hans Mahlsdorff im April 1937 in Amsterdam zwei Gemälde gekauft hatte.

»Aber die Kunstexpertise ergab, dass dieses Bild, die Delfter Straßenszene, zwar eine Fälschung, aber keine von Han van Meegeren war. Da gibt es also noch ein ungelöstes Rätsel.«

»Ich kann vielleicht helfen.«

Ein leichtes Räuspern war zu hören. Der Mann im für ihn viel zu kleinen Korbsessel meldete sich zu Wort. Valentin Lobenhofer hatte sich, wie üblich, wenig am Gespräch beteiligt, aber nun sprudelte es aus ihm hervor:

»Ich kann Licht in diese Sache bringen. Die Kopie, die dieser junge Mann in seiner Wut zerstört hat, war eine Kopie, die ich selbst angefertigt habe. Vor Jahren, Sie erinnern sich, Frau Mahlsdorff, war eine Kleinigkeit am *Straatje* zu restaurieren, Sie vertrauten mir die Arbeit an. In dieser Zeit versuchte ich, den van Meegeren zu kopieren. Ich hatte die starke Vermutung, da ich mich mit dem Fälscherskandal beschäftigt hatte, dies sei eine van Meegeren-Fälschung. Sie haben mir zwar nie die Quittung gezeigt, verehrte Freundin, aber es gab Gespräche über Han van Meegeren und ich glaubte an die Möglichkeit, Ihre Vermeers seien Fälschungen von seiner Hand. Und ich konnte der Versuchung nicht widerstehen, es auf ein Experiment ankommen zu lassen. Die Kopie gelang. Ich tauschte die beiden Bilder aus, so dass nun meine Kopie in der Galerie hing, die echte Fälschung aber in meinem Besitz blieb. Aber keiner hat es gemerkt. Viele, viele Jahre lang.«

Er lächelte ein kleines stolzes Lächeln.

»Und der van Meegeren wanderte in Ihren Safe? Es wurde aber doch kein Safe gefunden von den Heidelberger Kripobeamten?«, fragte Gontard dazwischen.

»Nein, es gibt auch keinen Safe. Das Gemälde hängt hinter einem meiner eigenen Bilder. Ich habe es geschickt integriert, so geschickt, dass man es nicht fand neulich bei der Hausdurchsuchung. Sie werden Ihr *Straatje* zurückbekommen«, schloss er, zur Großtante gewandt, seiner Schuld bewusst. »Ich möchte mich sehr entschuldigen, das tut man einer guten Freundin nicht an. Aber der Künstlerehrgeiz war stärker als ich. Verstehen Sie das?«

»Ich versuche es, wenn es mir auch schwer fällt. Alles verstehen kann ich nicht, aber vieles verzeihen. Ein Vertrauensbruch war das ohnegleichen, und da gibt es nichts zu beschönigen. Wirklich nicht. Natürlich bin ich sehr enttäuscht, aber wenn ich mir das recht überlege, muss ich sagen, Sie sollten das Gemälde behalten, Lobenhofer«, lenkte Frau Mahlsdorff ein. »Sie haben es immerhin gerettet. Wenn es gestohlen worden wäre statt Ihrer Kopie, hätte Weinbauer den van Meegeren zerstört in seiner Wut. Und so ganz wertlos sind seine Fälschungen offenbar nicht. Menschen starben ihretwegen. Lebewesen starben ihretwegen.«

Friedrich Gontard war tief in Gedanken versunken, dann sagte er: »Ist es nicht eine Ironie, dass wir nach dem Gemälde mit dem Lichtscheffel, dem Krug und dem Mädchen suchten, dabei war das andere Gemälde direkt unter unserer Nase?«

Valentin Lobenhofer lächelte.

»Ich gönne Ihnen Ihre Genugtuung«, fuhr Gontard fort, »aber gönnen Sie mir bitte auch die meine. Ich hatte doch am Ende nicht so ganz unrecht, als ich Sie einer Schandtat verdächtigte. Wenn ich auch zugeben muss, dass es noch mal ein himmelweiter Unterschied ist zwischen einem Einbruch, einem Mord und einem Fälschungsbetrug.«

Annas Eltern hatten sichtlich Mühe, der Unterhaltung zu folgen. Dies hier waren zu viele Überraschungen für Menschen, die eine langsamere Gangart des Lebens gewohnt waren.

Anna hatte die ganze Zeit über noch eine Frage stellen wollen, aber sie war nicht zum Zuge gekommen.

»Warum hast du kurz vor dem Einbruch Friedrich hergebeten? Das war mir schon damals ein Rätsel.«

Die Frage war an Frau Mahlsdorff gerichtet. Ein wenig zögerte die Tante. Dann sagte sie: »Ich wollte Herrn Gontard goldene Brücken bauen, ich wollte ihm zu verstehen geben, dass seine Hilfe vielleicht gebraucht würde. Ich hoffte, er sähe, dass es im Haus doch so einiges an Werten zu verteidigen gäbe, doch direkt konnte ich ihn nicht auffordern. Ich bin zwar vielleicht für mein Alter nicht ganz so verstaubt wie Personen, die um einiges jünger sind als ich«, hier traf ein süffisanter Blick Annas Eltern, »aber ich bin doch ein Kind meiner Zeit. Ich bin noch im 19. Jahrhundert geboren, also meinerseits eine Antiquität, und es wäre einfach unschicklich gewesen, ganz offen und direkt einen Mann über Nacht in mein Haus zu bitten, den meine Großnichte soeben erst kennen gelernt hatte. Meine Prüderie habe ich seither schon sehr bereut.«

Sie zog tief an ihrer Zigarette, die sie sich eben angesteckt hatte.

Annas Mutter zog missbilligend die schönen Augenbrauen hoch. Wie frivol Tante Klara ist, dachte sie, und das in ihrem Alter. Herzensgut, aber frivol. Gut, dass ihr Einfluss auf Anna jetzt nachlässt, wo Herr Gontard sich um das Kind kümmert. Man braucht die beiden nur anzusehen und man weiß, das ist etwas fürs Leben.

»Das ist so eine Sache mit der Schuld, Frau Mahlsdorff«, sagte Gontard. »Da hat es einfach eine Kette unglücklicher Zufälle gegeben. Und zum Glück haben Sie nun Ihr Gemälde zurück.«

Später, als Annas Eltern zum Karlstorbahnhof gebracht und verabschiedet worden waren, fragte Friedrich Gontard: »Anna, findest du Heiraten wirklich altmodisch? Ich bräuchte eine Mutter, die meinen sechs Kindern das Brot schneidet.«

»Gleich sechs? Die Hälfte tut es auch, und damit du es gleich weißt. Ich möchte drei Töchter: eine Schwarze, eine Blonde, eine Braune, wie im Märchen. Und noch eins: Ich möchte das Brot, das ich schneide, selbst verdienen, zumindest zur Hälfte mitverdienen. Und deshalb gehe ich jetzt gleich meine Vokabeln pauken.«

»Darf ich die Vokabeln abfragen? Altenglisch, Mittelenglisch, Neuenglisch?«

»Altenglisch. Die Vokabeln aus dem Beowulf«, erwiderte Anna.

Plötzlich murmelte sie: »Anna Gontard, Anna Gontard, Anna Gontard.« Ihrem erstaunten Begleiter erklärte sie, dass sie schon mal übe. »Es klingt auf jeden Fall besser als Anna Nüsslein, meinst du nicht? Schon allein dafür würde sich das Heiraten lohnen«, meinte sie und sah Gontard provozierend von der Seite her an.

Drüben an der Stauwehrbrücke standen der Kioskbesitzer Specht und seine dralle Frau vor ihrem weißen Kiosk und warteten auf Kundschaft. Es gab bestimmt wieder geschmackvolle Neuheiten für Heidelbergtouristen: den Zwerg *Perkeo* aus Plastik, das große Fass mit Beleuchtung, einen bunten blechernen Verbindungsstudenten zum Aufziehen und das Heidelberger Schloss als Spieluhr.

Friedrich Gontard und Anna gingen am Karlstor vorbei, dem prachtvollen Renaissancebau aus rotem Stein. Sie schauten zur Villa hinüber, deren bunte Ziegel in der Abendsonne leuchteten, fast unwirklich und wunderschön. Ihre Blicke gingen gleichzeitig zum Stauwehr hinüber, an die Stelle, wo Michael Weinbauer tot im Wasser gelegen hatte, grotesk verbogen und mit seinen toten Augen nach oben starrend.

Anna drehte den Kopf weg.

Sie gingen eine ganze Weile schweigend nebeneinander her.

»Lass uns vergessen, was war. Wenigstens für heute«, sagte Friedrich Gontard, und er ergriff Annas Hand.

— ENDE —

Lilo Beil

Lilo Beil wurde als Lieselotte Seiferling im südpfälzischen Klingenmünster geboren. Die Pfarrerstochter verbrachte ihre Kindheit und Jugend in Dielkirchen bei Rockenhausen und in Winden bei Landau. Ab 1966 studierte sie in Heidelberg Romanistik und Anglistik. Sie unterrichtete von 1972 bis Januar 2008 an der Martin-Luther-Schule in Rimbach. Die Mutter dreier erwachsener Töchter lebt mit ihrem Mann im vorderen Odenwald.

Seit frühester Jugend interessierte sich Lilo Beil für Literatur und Kunst. Ihr liegt, sagt sie, das Satirische, schon mal mit einem Schuss ins Bösartige, aber es finden sich in ihren Geschichten genauso romantische Elemente, Spannungsmomente und die kritische Auseinandersetzung mit Geschichte und Gesellschaft. Gelobt wird außerdem immer wieder die klare, sorgfältige Sprache. Ihre Schriftstellerkollegin (und Deutschlands erfolgreichste Krimi-Autorin) Ingrid Noll sagt über Lilo Beil: »Die kann was.«

1997 erschien »Maikäfersommer und andere Geschichten aus Pfalz und Kurpfalz«, das in der Edition Tintenfass mittlerweile in zweiter Auflage vorliegt. Weitere Erfolge wie die Aufnahme ihrer Kurzgeschichte »Der Nussknacker« in eine Anthologie des Rowohlt-Verlages ermutigten Lilo Beil. 1999 veröffentlichte sie unter dem Titel »Sonnenblumenreise« Geschichten für Reisende und Nichtreisende; 2002 folgte »Heute kein Spaziergang«. 2005 erschien ihre Geschichtensammlung »Schattenzeit«. Zahlreiche Lesungen machten Sie im Raum zwischen Pfalz und Odenwald zu einer beachteten Autorin. 2007 ließ sie Kommissar Gontard erstmals in »Gottes Mühlen« ermitteln.

Lilo Beil

Gottes Mühlen

Kommissar Gontards erster Fall
Kriminalroman, 184 Seiten
Paperback,
ISBN 978-3-936950-49-6,
9,90 €

Friedrich Gontard, jung, gut aussehend, mit melancholischem Blick, ist Kriminalkommissar. Sein Auftrag: Aufklärung eines Kindsmordes in der südpfälzischen Provinz. Es ist das Jahr 1957. Der immer noch vom Krieg traumatisierte Gontard taucht in Pfaffenbronn ein in einen Mikrokosmos, der wie in einer Zeitreise zehn Jahre zurückzuliegen scheint. Dem jungen Mann aus bildungsbürgerlichem Frankfurter Haus ist hier alles nicht frei und offen genug. Die Stimmung im Dorf braut sich zusammen. Des Mordes verdächtigt wird der Außenseiter Otto Straub...

Lilo Beil siedelt ihren Roman an der pfälzischen Grenze zu Frankreich an. Spielen könnte der Kriminalfall aber überall. Die Fünfzigerjahre bieten den Hintergrund für ein beziehungsreiches Zeitporträt, das Emotionen und Zeitkritik gekonnt Spannung untermischt.

„Kein schonungsloser Nervenkitzel, sondern intelligente Spannung die zum Nachdenken anregt, weit über Ort und Zeit hinweg."
(Bonner General-Anzeiger)

„Die muffige Zeit und der enge Horizont bilden den Rahmen für eine interessante, auch mit der überraschenden Auflösung überzeugende Handlung." (Mannheimer Morgen)

Weitere Krimis aus dem Conte-Verlag:

Jean Amila *Mond über Omaha*
Reihe Amila 1,
214 Seiten, ISBN 978-3-936950-33-5, 10,00 €

Jean Amila *Mitleid mit den Ratten*
Reihe Amila 2,
212 Seiten, ISBN 978-3-936950-43-4, 10,00 €

Jean Amila *Bis nichts mehr geht*
Reihe Amila 3
210 Seiten, ISBN 978-3-936950-53-3, 10,00 €

Stefan Hüfner *Der Tote von Dresden*
184 Seiten, ISBN 978-3-936950-13-7, 9,90 €

Barbara Mansion *Mörderische Wallfahrt*
Mittelalterkrimi von der Saar
204 Seiten, ISBN 978-3-936950-59-5, 9,90 €

Kerstin Rech *Schenselo*
188 Seiten, ISBN 978-3-936950-60-1, 9,90 €

Elke Schwab *Kullmanns letzter Fall*
Ein Saarlandkrimi
355 Seiten, ISBN 978-3-936950-12-0, 9,90 €

JuttaStina Strauss *Koks und Kosakenkaffee*
Guzzos erster Fall
286 Seiten, ISBN 978-3-936950-54-0, 13,90 €,

Markus Walther (Hrsg.) *Letzte Grüße von der Saar*
Krimi-Anthologie
244 Seiten, ISBN 978-3-936950-68-7, 12,90 €